0 1 2 3 4 5 6 7 8 9 10 11 12 13 14 15 16 17 18
U0075973
sweets
White
都市冒險王
Ⓟ皇冠文化集團
隨書附贈・非賣品

YOUNG AGE小說鮮視界！

YA!

青春滿點！活力滿載！好看滿分！

都市冒險王 1

勇嶺薰◎著

西炯子◎圖　李慧珍◎譯

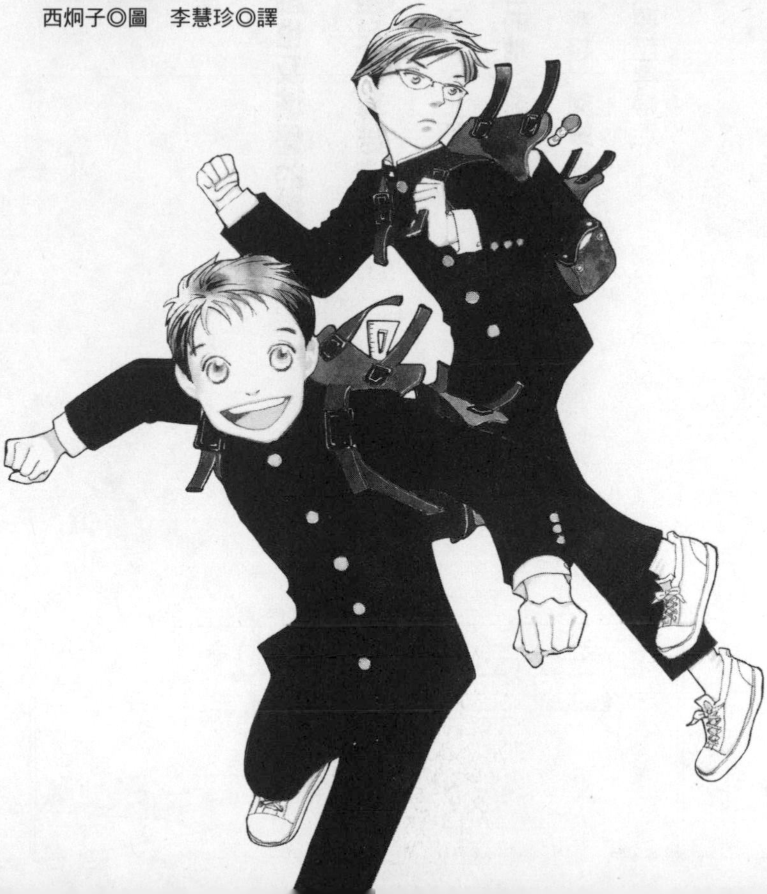

目錄

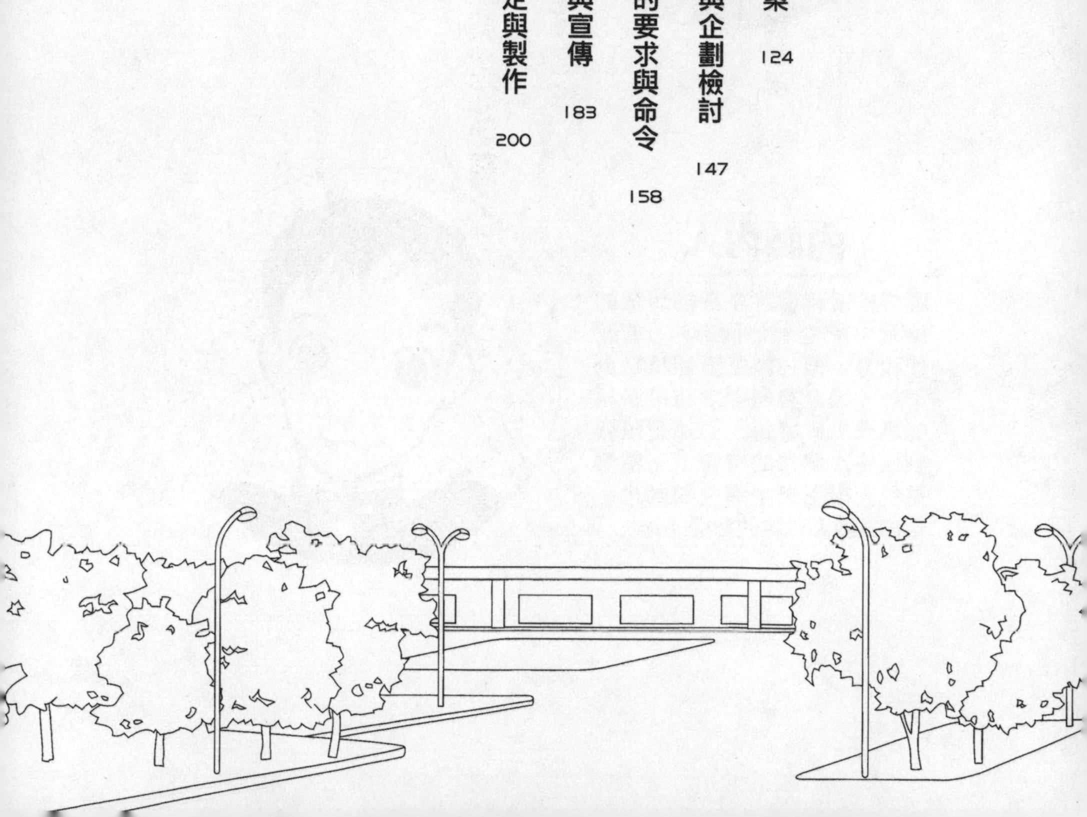

人物介紹

龍王創也

內人的同班同學，成績十分優秀，號稱學校創校以來的第一個天才！身為龍王集團繼承人的他長相俊秀，戴著酒紅色鏡框的眼鏡，給人一種知性的感覺，但個性極度冷淡，在班上總是獨來獨往，是名副其實的獨行俠。

內藤內人

腦袋裡常轉著許多奇怪想法的平凡中學生。他擁有2.0的絕佳視力，但在課業上卻糟糕到不行，因為有個要求超級嚴格的媽媽，只好每天到補習班報到。一次偶然的機會，居然看見在大街上憑空消失的創也，也成為兩人熟識的契機。

崛越美晴

一個總是喜歡用黃色髮帶將及肩長髮束起的嬌小女孩，是內人與創也的同班同學。個性非常文靜，從不大聲說話，也很少隨人家起鬨，臉上戴著大而圓的眼鏡，給人一種恬靜的感覺，是內人暗戀的對象。

二階堂卓也

龍王創也的保鑣，身穿黑色的西裝，開著一輛黑色的休旅車，是個做事風格很神祕的年輕男子。他的興趣是看轉職情報，最大的願望是去當保母，是個外表孔武有力、卻擁有柔軟心腸的人。

我毛豪太郎

『機智王』中超級優秀的天才挑戰者，雖然只是一名中學生，卻連大人都接連敗在他手下。長相俊美，有一副偶像般的臉孔，在節目中算是人氣王，擁有許許多多的女粉絲。

栗井榮太

傳說中的神祕電玩高手，據電玩公司偷偷透露出來的訊息，他已經製作出最新最優秀又廣為人知的電玩遊戲。然而從沒有人見過他，因此關於他的傳說沸沸揚揚，他也是龍王創也一心想要超越的電玩天才！

崛越隆文

崛越美晴的父親，年齡約在四十五歲左右，本壘板臉型配上旁分的髮型，讓他看起來是個十分溫和的人。他在日本電視台從事導播的工作，著名的節目『機智王』就是他的得意之作。

沒有密西西比河，就不會有今天的湯姆歷險記……至少我是這麼認為。
可是，我周遭有宮川（河流的名稱）和德川山，還有相處愉快的好朋友。
即使現在已經成為大人，我仍然繼續冒險——如果你也想成為湯姆，
請好好留意你的四周。你會看到許多不同於以往的事物，
然後你會發現，我們的生活就是一部現代版的——《湯姆歷險記》。

OPENING

『平日半價』這件事，就表示假日要雙倍的價錢吧？

我看著漢堡店門口那寫著『平日半價』的旗幟，一邊這樣想。星期五可以買兩個漢堡，但星期六卻只能買一個，這總讓我有種被騙的感覺。

現在是星期二晚上十點，我站在二十四小時營業的漢堡店門口想：如果今天是星期天，我就會等到隔天再來買漢堡吧！

『歡迎光臨！要不要來一份薯條呢？』那個打工的大姊姊，堆起免費的笑容，彷彿在背『員工教戰手冊』一樣，跟還是國中生的我推薦薯條。我拿出一百元，買了一個漢堡。

『謝謝光臨。』大姊姊在找我零錢的同時，又給了我一個笑臉。

呼……

站在店門口，我抬頭望著天空。

高樓大廈把天空分割成一塊塊，夜空中的上弦月，即使被春天的薄霧遮住，仍然散發出光芒。夜晚的空氣雖然乾燥，卻不怎麼冷，甚至不知道從哪裡還飄來一陣香甜的味道。

在這個商業區裡，有不少公司行號，還有補習班。

現在這個時間，路上已經沒什麼人，有的只是因為加班而累到不行的上班族，或是和我一樣剛從補習班下課的小孩。

我一邊吃漢堡，一邊走向車站。

書包裡的鉛筆盒發出喀嚓喀嚓的聲音，這節奏聽起來就像是一首進行曲哩！為了不要讓番茄醬沾到手，吃完漢堡之後，我小心翼翼的把包裝紙摺起來，放進書包裡。

就在此時，我看到了……

這條街的另一頭，還有一個國中生。

我兩眼的視力都是２．０。（我媽常說：『你視力這麼好，都是因為你不唸書啦！』）

所以，我怎麼可能會看錯！那個背影，就是和我同班的龍王創也！

黑色的帽子、黑色的護腕、黑色的長褲。他身上披著一件造型奇特的黑色夾克，甚至連帆布鞋也是黑的！穿著一身黑的創也，不時抬頭看著月亮，一邊輕快地走著。

好奇怪喔！這個時間他怎麼會在這裡？

我倒是沒聽說過創也上補習班，他可是號稱學校創校以來的第一個天才呢！

如果創也上補習班這件事被我媽知道的話……光是這樣想，我就不禁打了個冷顫。『你看，創也都這麼用功了。你啊，給我認真一點！』然後補習班的簡介就會堆得跟山一樣高。（這樣一來，補習班就會越上越多，我的睡眠時間就越來越少……）

我悄悄的跟在創也後面。因為路上也沒有其他人，所以我不可能跟丟，唯一讓我擔心的事是，萬一他忽然回頭，發現我在跟蹤他的話，那可就糟糕了！不過，創也倒是沒有回頭，仍然用他那輕快的腳步走著。

不知道為什麼，我總覺得他似乎很開心。雖然從後面看不出個所以然，不過他一定是帶著笑的吧？

沒多久，創也向左轉。我也跟著創也向左轉。轉彎時我還刻意壓著書包，不讓鉛筆盒發出聲音。

然後……

創也他竟然不見了！

他就這樣平空消失了！

我用手揉一揉我那視力２．０的雙眼。這情形只能用國文課上過的那句話來形容：『我真不敢相信我的眼睛。』

昏黃的街燈柔和的照在柏油路上。

這條步道往前約一百公尺的地方是一個十字路口，路口的交通號誌正閃著黃燈。

創也左轉之後，大約四秒鐘的時間，我也立刻左轉。在短短的四秒之內，創也竟然能夠走到十字路口，並且不見人影？這太扯了！只用四秒就跑完一百公尺，這麼輕鬆就刷新世界紀錄了喔？

我驚訝地站在原地，不斷思考著創也消失的謎。但是無論我多努力地想，卻還是想不透。

創也竟然消失了……

就在這時候，一輛黑色的休旅車靜靜開了過來，並且停在我的前方。

一個身穿黑色西裝的年輕男子，從車上下來。

這個高個兒的男人靠著車子，用打火機點了一根菸。然後他注意到身邊一直站著不動的我。

『請問有什麼事嗎？』他笑著並且很有禮貌地問我。

不過他的眼睛完全沒有笑意。從他薄薄的嘴唇間，我還不經意地看見他的犬齒。

這傢伙絕對不是什麼好東西！

我不停地搖著我的雙手說：『喔，沒有、什麼事都沒有。再見！』我趕緊向後轉，也不管鉛筆盒裡的筆喀喀作響，拚命地往車站的方向跑去。

呼……呼……

今天晚上到底是怎麼回事啊？

先是創也平空消失，然後又被那個危險人物問話……

感覺就像是中了春天妖精的魔法一樣，我帶著滿腦子混亂的思緒跑著，夜空中的上弦月彷彿也在嘲笑我。

啊！對了！讓我來個自我介紹吧！

我的名字是內藤內人。

雖然不知道以後的我會成為怎樣的人，但是當我跟我的小孩（或者是孫子？）講到和創也的冒險故事時，以今晚發生的事作為開頭應該很不錯吧？

而且，你不覺得，冒險故事的開頭，很適合發生在有上弦月的夜晚嗎？

第一部

我們的城堡

『喂！內人！昨晚的「搖滾補給站」你看了沒？』我才剛走進教室，我的同學——達夫就迫不及待的跟我說話。

現在我們班上很迷一個叫作『The Samba Chair』的視覺系搖滾樂團。

『唔……』我適時地把這個問題含糊帶過。

我昨天為了跟蹤創也，回家的時間也晚了。

而且，最近不知道是不是年紀的關係，老是覺得很累。而昨晚先預錄下來的『搖滾補給站』，我則是連看的力氣都沒有。

還不只這樣，最近我還有睡眠不足的傾向。

『真是精采極了！那個主吉他手采音，還來了一段即興演奏呢！』達夫試圖重現昨晚的興奮，坐在椅子上順手拿起一根掃把，模仿吉他手彈吉他。

不過很遺憾的是，掃把終究是掃把，無論達夫多麼努力，也只是揚起一堆灰塵罷了。

偷偷跟你說一件事，其實我對音樂沒什麼興趣，只是為了跟大家有共通的話題而已。而且搖滾樂太吵，我實在沒有辦法喜歡它。（要說喜歡的話，我比較偏好電影音樂，不過我周遭大概沒有人跟我有一樣的興趣吧……）

『最近，「The Samba Chair」有一場表演，我有入場券，我們一起去吧！』

『啊……真是令人期待。』

我的回答聽起來似乎沒什麼精神，達夫擔心地看了我一眼。『你怎麼啦？』

『沒有！我沒事。可能有點睡不飽吧！……對了，創也呢？』

我睡不飽的原因——一直在思考創也消失的謎。

『創也？如果不在教室的話，那就是在老地方吧！』

創也很喜歡去圖書室。要是他不在教室唸書的話，大概就是去圖書室了。

我跟達夫打聲招呼之後，就走出教室。

離上課鐘響，大概還有二十分鐘，大家都是從樓梯口往教室走去，而我恰好相反，直直往四樓圖書室的方向走。

一大早的喧譁聲，是不會傳到四樓來的。

室內拖鞋的聲音，在寂靜的走廊上，啪嗒啪嗒地響著。

圖書室的門敞開著，現在只有創也一個人在裡面。

他坐在向陽的窗邊，蹺著二郎腿看書。

長長的劉海，斜斜的遮住他低垂的側臉。

到現在為止，我從不曾仔細觀察過他。創也應該可以算是相當俊秀的男生，戴著酒紅色鏡框眼鏡的他，給人『知性』的感覺。

雖然我認為男生不是靠臉蛋吃飯，但我還是很羨慕他。

至於我的長相，就交給你自己去想像囉！從我媽沒有打算把我送進『偶像訓練班』這件事看來，你大概就可以想像到了吧？

『早！』我跟創也打聲招呼。

創也被我嚇到，從書本中抬起頭。『……早！』

他的表情彷彿在說『你怎麼會在這裡』般驚訝地盯著我看。

……接不下去了。

因為我沒有再說什麼，創也又把精神集中在書本上。

糟糕！這樣下去，我待在圖書室也沒有什麼意義。總之，一定要找話題說。

『喂……你在看什麼書？』我靠近他隨便找個話題。

認真的思考一下後，我發現我們雖然是同學，可是卻還沒有面對面地說過話。

『這個，「安倍晴明」的傳記。』創也把書『啪』地一聲闔起來，並且把封底給我看。看一眼後我就明白，這本書此生是跟我無緣了。

創也直直地盯著我瞧，那眼睛彷彿在詢問，我突然找他說話的目的。

我也不知道該說什麼好。

『耶……「The Samba Chair」，你喜歡嗎？』

總之，隨便亂問！

『我知道這個團體。』

喜歡或不喜歡也不直接回答，只是簡短帶過。創也把書打開，好像是拒絕我繼續問他問題。

……又無話可說了。

也不是在不爽，只是就好像是築了一道牆一樣，讓人難以接近——這是我們同學對創也的印象。

跟以自我為中心或是不合群又有一點不一樣。在班上跟大家一起做些什麼事時，創也看起來又很開心。

可是，這該怎麼說呢？……

大家因為班上活動而情緒高漲時，都只是純粹覺得開心而已，但是，創也雖然跟大家一起瘋，大家卻總覺得他皮笑肉不笑的。

在什麼時候，人們才會快樂呢？

在那個時候，大家會做些什麼？

感覺他比較像個旁觀者，在冷靜的觀察這個世界。

當我在思考這些事情時，創也的注意力又回到書本上。

認真看著書的創也，對於我的存在毫不在意。

早晨的圖書室裡，流動著一股尷尬的氣氛。

換作是平常的我，應該會立刻放棄跟創也說話，直接回教室去。不需要刻意去找創也聊天，反正教室有很多朋友，真的想講話也不會找不到人。比起跟冷淡的創也在這裡，倒不如跟大家在教室吵成一團，那樣還更開心哩！

但是，今天的我不一樣！

昨晚，創也消失的這件事讓我很介意，因此今天早上就特地來圖書室一趟。我一定要打破這尷尬的氣氛。

我拉了一把椅子，坐在創也的對面。然後，對著認真看書的創也問：『你喜歡在晚上散步嗎？』

聽到我的問題，創也的表情──那雙漂亮的眼睛睜得大大的。

他把臉從書本中抬起來，看著我說：『內藤內人──你、昨晚，看見了？』

這樣的說法跟剛剛有點些微的差別。這是第一次，創也當我是個人的說話方式。

『嗯。耶？被看見就完蛋了嗎？』

我被他那正經的眼睛看得有點不知所措。

『我是不知道你在幹嘛，不過，看你很開心地走著……我想也許你有什麼好事。』

我很慌張地講了一堆聽起來就像是藉口的話。

創也把書闔上，拿掉那付似乎很貴的眼鏡。

『你看到了？』創也問我。此時他的表情就像是惡作劇被抓到的小朋友一樣。

我輕輕地點點頭。

『哎呀！真糟糕……』創也有點害羞地搔了搔頭。

感覺……跟平常的創也不一樣，不論是動作或表情都很平易近人。

『那裡離學校有一段距離，會在那裡遇見熟人，我怎樣都想不到啊……』

接著，他感覺像是在問『你在那裡幹嘛』似地看著我。

我揮舞著雙手說明。『我八點到十點要補習。像你很會唸書，跟補習班是徹底絕緣，但我就很累，每天都被我媽唸，也每天都要補習。』這也不是什麼值得驕傲的事情，所以就輕輕的帶過去。

然後我問了我最在意的那件事情。『嗯，在那之後你去了哪裡？一轉彎你就消失不見了！』

『連這個都被你看到了啊……』

創也嘆了一口氣，從口袋裡掏出一把鑰匙。『今天上半天，我從下午開始，會一直待在那裡。有興趣的話，就來吧！』

創也給我的鑰匙是一把銀色的、很常見的那種鑰匙。插鑰匙孔的地方就有點奇怪，上面竟然附著五顆小小的黑色磁鐵。

『我雖然有鑰匙，但是不知道你在哪裡，也沒有辦法用啊！不是嗎？』

『你認為我消失的那個地方，今天你再找一次看看。找不到的話，就game over。』

創也把眼鏡戴回去。

同時，剛剛他那種平易近人的感覺立刻消失，創也又回復平時的冷淡。

『沒有提示嗎？』我問。

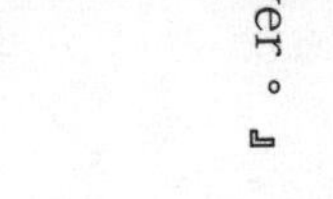

『你是那種依賴攻略本來玩遊戲的人嗎？那樣一來，遊戲真正有趣的地方，你就不知道了喔！』

冷得跟冰一樣的聲音。

創也拿著書站起來，直接走出圖書室。（等一下！你沒有把椅子靠好……）

連創也的椅子一起弄好之後，上課鐘就響了。

我急忙走出圖書室，飛奔回教室。

上課的時候，我一直無法專心。

即使想要集中注意力到課本上，我的心思還是在創也給我的那把鑰匙上。放在鉛筆盒上的鑰匙，散發出銀色的冷光。

創也的位子在窗邊，他正看著窗外，一副無聊的模樣。

課本雖然打開，但是創也什麼也不做，只是托著下巴。這樣就能考第一名，真不知道他腦袋裡到底裝了什麼？

老師們對於創也的行為也已經習慣了，總是不理會他，繼續上課。

我又看了一次鉛筆盒上的鑰匙。

我一直認為鑰匙一定會在某個時刻為我做些什麼事。

家裡的鑰匙，可以讓我吃晚飯。

學校置物櫃的鑰匙，可以讓我放厚重的字典，還有把我不想讓我媽看到的考卷藏起來。
那麼……這支鑰匙，到底能替我做些什麼呢？

今天的課上完了。
聽說今天老師們要實習，所以下午不上課。
『我知道這些話你們一定覺得很無趣。』班會一結束，老師無精打采地走出教室。有參加社團的同學，開始打開便當吃，不過我和創也都沒有加入社團。
我把東西收進書包，急忙走出教室。
創也早我一步離開教室。反正他所有的課本都放在學校，根本不需要整理書包。
走到操場我看了一下，沒看見創也。他應該離開學校了吧！
創也會去哪裡呢？
關鍵只有一個——昨晚創也消失的地方。
如果去那裡的話，搞不好會發現什麼。
我走出校門，往車站過去。
途中，幾個坐在超商門口的同學把我叫住。他們也沒有參加社團。
『喂！內人，我們等一下要去唱歌，一起去吧！』
我抱著書包往前跑，腳步連停都沒停地說：『不行，我今天有事。下次吧！』

『什麼嘛！你很難相處喔！』

他們在我身後說著，我依舊往車站跑去。

車站前，大姊姊在發面紙，我拿了之後就往口袋放。

我在第三站下車，順便去商店買了午餐。今天本來打算在家吃飯，突來的花費讓我心痛不已，所以我要省一點，中餐就隨便買個麵包和紙盒裝的鮮奶打發。

我一邊走一邊吃午餐。

麵包我還留了一半，萬一有突發狀況時還能吃。至於牛奶盒，我把水分甩乾之後，摺起來放進書包裡。

正當我這麼做的同時，已經來到昨晚創也消失的那條路上。

跟昨晚不太一樣，現在往來的行人很多。

人行道的旁邊，跟昨天一樣停著一台黑色休旅車。

果然這條路隱藏著創也消失的祕密——這一點我很確定。

先冷靜地思考一下。

第一件事是：就算創也打算要消失，他也不可能真的消失。

對於我的跟蹤，創也完全沒有注意到。也就是說，他不是真的消失，而是看起來像消失了。

但是，怎樣才能做到呢？

我看著那些沿著人行道而建的大樓，每一棟起碼都有十層樓高。

最合理的解釋是，創也進入了這些大樓中的某一棟。

不過那種時間，大部分的大樓都關閉了，有哪一棟大樓能讓一個中學生任意進出？

從這裡到一百公尺外的十字路口的中間所有大樓，我都一棟一棟確認過。

有徵信社及文化中心混雜的大樓、辦公大樓、專門出版音樂雜誌的小型出版社大樓……

無論哪一棟樓，似乎都跟創也沒有關係。

就在此時，我的腳步停了下來。

在大樓跟大樓的中間有一條狹窄的小巷子。

不對！小巷子搞不好還比它更大條。

這條巷子的寬度可能還不到五十公分，如果是體型大的人，肩膀會被卡住。

我站在那裡，往來的行人不停走過我身邊，沒有一個人注意到這條小巷。

如果我沒有一棟一棟仔細地看，可能我也不會注意到吧！

穿著黑西裝的男人，靠在昨晚那台休旅車上，一直盯著我。

總覺得……總覺得他好像在對我微笑，彷彿在說：『很好，被你發現了。』

於是我下定了決心！

我決定要進去這條小巷。

好窄……

加上一大疊紙箱和空酒瓶、鋁門窗等等擺得亂七八糟的東西，讓我更難前進。

用手提著的書包不時被東西勾住，黑色的學生制服上也沾滿灰塵。

被兩旁的高樓夾在中間，使得這條小巷灰暗異常，只要一不注意，就會被障礙物絆到腳。

回頭一看，來時的路看起來十分細長。

我已經走了十公尺左右，但是前方的路卻仍黑得看不見。

我雖然沒有密室恐懼症，但還是漸漸害怕起來。

如果，我就卡在這裡的話……

我想我絕對不會被發現，八成會變成一具白骨吧！

恐怖的想法不停在我腦海裡盤旋。

冷汗不斷地竄出。

小巷變得越來越暗，我幾乎是靠雙手來摸索前方的路。

正當我想哭的時候，突然，我的手碰到了東西。

……這是什麼？

用手觸摸看看，應該是扇門吧？

我轉了一下門把，好像被鎖住了，打不開。

鑰匙？

原來，創也給我的鑰匙，就是這扇門的鑰匙！

我費力地把鑰匙從口袋裡掏出來。

然後，插進門把上的鑰匙孔。

喀嚓！

開鎖的聲音。這聲音彷彿就像是天籟。

我推開了門。

同時，從裡面透出光線來……

從灰暗的小巷，一下子來到有燈光的房間，有一瞬間我的眼睛無法張開。

這是一個大約一百平方公尺，很空曠的房間。角落裡，有個通往二樓的樓梯，地板上到處散落著石灰粉、建材的碎片和廢鐵片。

雖然有一扇窗戶，不過被紙箱及板子塞住了。

天花板上的螢光燈，散發出冷冽的光芒。

『等你等得好累喔！內藤內人。』突然，創也的聲音響起。

我四周張望，卻沒看見創也。

聲音大概是從天花板上的喇叭傳出來的，喇叭的旁邊有一台監視器。

『創也，你在哪裡？』我對著監視器問。

『在這之前，你先幫我把門鎖起來，預防萬一。雖然不會有人來……』喇叭傳來創也的聲音。

我就依他的意思，把門鎖了起來。

『OK！那麼，遊戲要開始了。我在四樓——這房子最高的地方。如果你來得了，就算你贏。』

這，未免太簡單了？

我開始爬上樓梯。

『等一下，先給你一個忠告。到四樓為止，一共有兩個陷阱。萬一中了陷阱，你就game over。』

我聽他這麼說，立刻停下腳步。

陷阱？……拜託，饒了我吧！

『還有，我會把一到三樓的燈關掉。』

『這樣對我不是很不利嗎？』

『請你忍耐一下。這是自家發電用的石油，並不便宜。』

然後，燈就關了。把我一個人留在黑暗中。

『這麼暗你看得到我嗎？』

『不用擔心，這台監視器有夜視裝置。』

……是是。

我怎麼覺得這些條件對我很不利？可是不去找創也的話，話也講不下去。

我坐在樓梯上，把剩下的麵包拿出來。

『……你在做什麼？』

『填肚子。可是只有麵包，沒有飲料喝，我的口好乾。』

『我知道啦！你若是能平安無事到達四樓，我就請你喝一杯高級的大吉嶺紅茶。』

『我覺得牛奶比較好。』

『……』

沒有回答，大概是沒有牛奶吧！

『啊，黑暗中的麵包，還真是好吃！』

對於這種自我解嘲，創也也沒有回應。

這時候，我漸漸開始生起氣來。

把鑰匙給我，叫我來這裡的人是創也（雖然要找他的人是我）。怎麼說，我也是個客人。不應該用這種態度對待客人吧？

嗯，我真的有點生氣了。

我的腦海浮現出創也的臉，一副『狗眼看人低』的創也。好，現在開始我要到四樓去，讓他知道我的厲害。（但是，歷史上真正被對手打擊到的，又有多少人？）

吃完麵包，我閉上眼睛深深地吸了一口氣。

想一想，我的奶奶常常這樣告訴我：

無論身處哪種情況，都要好好想一想。想想看自己能做的事、相信自己的力量，直到最後也不輕言放棄的話，任何挑戰都不會輸。

奶奶這麼說的同時，還用她已經沒有牙齒的嘴巴，不懷好意地笑了一下。

所以我要好好想一想。

首先，是我能做到的事。

我把書包打開。先確認一下書包裡有些什麼。

寫滿筆記的課本、墊板。鉛筆盒裡有橡皮擦和自動鉛筆、尺、４Ｂ鉛筆。另外還有學生手冊、給家長的通知單兩張、被我揉成一團的小考考卷（這張考卷不想被發現啊……）。書包夾層裡有ＭＤ隨身聽，隨身聽裡有兩顆三號電池和一張ＭＤ。兩個迴紋針。美術課用的剪刀和美工刀、橡皮筋。中午喝完的牛奶盒。

接著，我檢查我的口袋。

手帕、創也給我的鑰匙、車站前發的面紙、小紙屑——這些而已。

我把制服上的鈕釦，及附在立領裡用樹脂做的另一個領子（這是為了防止衣領髒掉）拆了下來。鈕釦共有五個。

我手裡的武器，竟然只有這些……

『怎麼？你要放棄這場遊戲？』喇叭傳來了聲音。

不要著急，給我一些時間，很快你就會看到我。

我拿起剪刀把牛奶盒像削蘋果皮一樣，削成一條三公分寬的長帶子。

在黑暗中，我用手找尋散落在地板上的廢鐵片。

剛剛，我要上樓梯的時候，創也跟我說二樓到四樓有設陷阱。這就表示，一樓沒有陷阱囉！那麼我應該在一樓準備好所有的東西。

拔掉ＭＤ隨身聽的電池。

把迴紋針拉直，其中一端接正極，另一支迴紋針接負極。

然後，把這兩支迴紋針接起來——滋滋！

有一道短暫的火光出現。

這個辦法行得通！

我丟了一些口袋的紙屑在發出火光的迴紋針上面。

滋滋！滋滋！

再過一陣子，這些紙屑傳來陣陣的煙味。

我輕輕地捏緊手中的紙屑，全部丟下去。

好燙！

紙屑上有一小團火焰。
我很快的把火焰移到面紙上。
成功了！
我在剛剛完成的牛奶盒帶子上點火。
帶子就像蠟燭一樣開始慢慢燃燒。
簡便的火把完成！接下來一個小時裡，我不需要擔心沒有燈光。
『真了不起喔！』原本寂靜的喇叭又傳來創也的聲音。『你真的是國中二年級嗎？』
『當然，跟你一樣都是二年級喔！』我對著天花板的監視器比出勝利的手勢。
接下來，我將樹脂做的領子剪出五公分的長度，再一段一段的剪切口，稍微組合一下。一個形狀不完美的球，完成！
『現在我就要出發去找你。只是，在這之前……』
我拿出樹脂做成的球。
『只有你看得到我實在太不公平了，我要讓你也看不到我。』
說完，我在球上點火，朝監視器丟了過去。
咻！
樹脂做的球，在空中發出閃亮的光芒，燃燒著。
『嗚哇！』創也驚訝的聲音。

成功囉！

夜視裝置，主要是為了在黑暗中也能看清楚。突然間遇到強光，受光量過高，會有短暫的時間不能用。

應該不會壞吧……

我脫掉制服，把所有的東西用制服包著，背在身上，用袖子在腰際處緊緊地打了個結。腰帶穿過書包的提手，將書包固定在腰上。

右手拿了一根代替枴杖的鐵架，左手拿著牛奶盒做的火把。

準備好了。

之後就是相信自己的力量而已。

牛奶盒火把發出乒乓球大小的光。

我的眼睛也漸漸習慣黑暗。

踏上階梯，朝二樓邁進。

創也在說完有兩個陷阱之後，就把燈關了。

說是為了節省自家發電用石油，但事情會有這麼單純？

我思考著。

難道不是為了讓陷阱不好找，才關燈的嗎？

要不容易被發現，又要發揮功能的陷阱……

大概是利用線來製作陷阱。

我想起之前看過的戰爭片。也有一種陷阱是在叢林裡布線，絆倒士兵後，線端的手榴彈就跟著爆炸。

普通的中學生應該是不會有手榴彈吧……

我拿著代替枴杖用的鐵架，一邊謹慎地注意腳下，一邊爬上樓梯。

樓梯的盡頭是一扇門。

我拿出小刀往門縫裡插。

沒問題，任何裝置都沒有。

慢慢地打開門，到了二樓。

二樓——跟一樓一樣，到處都是石灰粉。

我將臉靠近地板，觀察石灰粉上的足跡。

很快我就發現帆布鞋的印子，這是創也的腳印。

總之，跟著腳印走就對了。走在相同的地方，應該就不至於踩到陷阱。

一步、兩步……

此時，我的腳步停了下來。

好奇怪喔……

眼前的腳印，跟剛剛的有點不同，步伐稍微大了一些，看起來像是故意把步伐加大。

我用鐵架仔細的確認這些腳印。

很小心、很小心……

突然，鐵架像是碰到什麼東西。

我將火把靠近一看。

是線！

細細的釣魚線，貼著地板，沿著牆壁連接到天花板。

天花板上吊著一顆氣球。

這個陷阱是，讓你在不知情的狀況下絆到線後，氣球就會從天花板上掉下來。

氣球裡面當然裝著滿滿的水。

我小心翼翼地避免碰到線，然後前進到三樓。

我坐在樓梯上，喘了一口氣。

接著，我開口跟創也說話。跟一樓一樣，這裡天花板的角落也有監視器和喇叭。『我破解二樓的陷阱了。』

『幹得好！』喇叭傳來創也的聲音。

『你把燈關掉，反而給了我提示。絆到線之後，天花板上就會掉下裝滿水的氣球，是吧？』

『水？我才沒放那種東西哩！』

『是這樣嗎……』

我用橡皮筋勾住左手的拇指和食指，再從口袋拿出鈕釦，放在橡皮筋上，這樣一來，簡單的彈弓就完成了。

然後我拉緊橡皮筋，朝著記憶中氣球的位置瞄準。

啪！

隨著氣球尖銳的爆裂聲，水『啪』的一聲傾瀉而下。

『果然放了水，不是嗎？』

『那個是Tabasco（那是一種辣椒醬，專門加在披薩和義大利麵上的），不是水。』

『……』

我的反駁很輕鬆地被弭平。

的確，空氣中彌漫著Tabasco刺鼻的臭味。

如果被那種東西從頭淋下來，該有多悲慘！

這時候，燈打開了。

當眼睛習慣黑暗之後，螢光燈的光就顯得特別刺眼。

『你不是說要節省自家發電用的石油？』

『要修復夜視裝置，大概要花一段時間，所以把它關了。而且普通的監視器沒有光線看不

到。』

果然把它弄壞了……

雖然心裡充滿著罪惡感，但是一想到創也更惡劣，竟然拿Tabasco來做陷阱，我就不覺得我有反省的必要。

我重新整理我的心情，站起來。

我吹熄牛奶盒火把，放進書包裡。代替枴杖用的鐵架，本來是想放在這裡，不過搞不好還派得上用場，所以就把它帶著。

看了一下樓梯，好像沒有什麼裝置。

有燈光還是讓人感覺較舒服。

我確定三樓的門沒有陷阱後，輕手輕腳地打開它。

跟一、二樓一樣，也是散落一地的石灰粉。

第一件事，先觀察天花板。萬一像剛才一樣，中了Tabasco氣球陷阱，那我可受不了。

我仍舊沿著創也的腳印走。一步一步，小心翼翼的。

邊走我邊想。

會來到三樓，就表示破解了二樓的陷阱。

可是，為什麼能破解二樓的陷阱呢？那是因為沿著創也的腳印走是正確的。

如果，我是設陷阱的人，我會怎麼想呢？闖關者一定還會繼續沿著腳印走。

換句話說，只要在腳印上下工夫，一定會騙到闖關者……

想到這裡，我立刻停下腳步。

繼續往前走，真的好嗎？

『怎麼了？』喇叭傳來創也的聲音，聽起來有些焦急。

一聽到這樣的聲音，我更加確定。創也一定在腳印上動了手腳。

我仔細看一下到樓梯為止的腳印。

果真被我看到。

在樓梯的前方，那裡有一個石灰粉的空袋，創也的左腳用力地踏過那個空袋。

我用鐵架慢慢把石灰粉的空袋拖過來。

外面沒有任何異常。手伸進去裡面後，我感覺摸到圓圓的東西。

我小心地拿出來看，原來是七個甩炮……

沒想太多就往石灰粉空袋踩下去，甩炮就會發出巨大的爆炸聲。原來是這種陷阱！

我把那些甩炮放進我的口袋。

『啊……第二個陷阱也被你破解了。』創也的聲音聽起來很遺憾。

兩個陷阱都被我破解。

創也在四樓。

終於輪到魔王出場囉！

雖然已經能像平常那樣爬樓梯，不過剛剛的毛病還改不過來。我依舊踩著謹慎的步伐。
四樓的門口放著一張腳踏墊，這應該是要把腳上的石灰粉弄乾淨才擺的。
為了保險起見，我把腳踏墊翻過來看。沒有放甩炮。
『請進，門沒關。』創也的聲音響起。
門一打開，我就被眼前的景象嚇到。
這裡跟剛才的房間不一樣，所有的擺設就跟辦公室一樣整齊。
地板掃得很乾淨，地上完全沒有石灰粉。
有三張不銹鋼辦公桌，桌上放著好幾台電腦。還有就是印表機、數據機等等電腦周邊用具。其中一個螢幕是接監視器的。
桌子空著的地方，有新舊混雜的遊戲機和堆積如山的遊戲片。有的遊戲機外殼被拆掉，甚至連主機板都看得到。
在這旁邊有一組迷你音響。現在放的曲子，上音樂課時有聽過，是蕭邦的鋼琴曲。
房間的角落是發電機，隱隱散發出石油的味道，旁邊還擺著三個油燈。
左邊牆壁是不銹鋼書架，裡頭排列著雜誌和舊書。還有一堆雜誌用線綑起來，堆在一旁。
靠右的牆是個迷你廚房，十多種紅茶有秩序地被放在架上。這件事我之後就會明白，聽說架子有特別的裝置，可以防止紅茶茶葉氧化。

『不錯喔！』創也正對著我，坐在電腦前一張有扶手的椅子上。立領上的釦子規矩地扣好，跟渾身沾滿灰塵和石灰粉的我，大不相同。

創也用手指了指房間裡的沙發、桌子，示意我坐下。

沙發有兩張，中間夾著一張玻璃桌。沙發上放著可愛格子紋的座墊。

我把身體投向沙發。

那一瞬間……

噗！發出一聲巨響。

我嚇得跳起來，創也右手的拇指對我比了個『good』的手勢。

『Game over——我贏了！』

『……』

我把座墊掀開來看，裡面有個惡作劇的屁墊。只要一坐下，就會發出很大一聲『噗』的整人玩具。

『你都能巧妙地破解陷阱到這裡來，沒想到你竟會栽在屁墊這種簡單的陷阱裡，真令人想不透喔！』兩手一攤，創也一副困惑不已地搖晃著頭。

『……』

當我回過神來，忍不住握緊拳頭，恨不得讓創也吃我一拳。

我用過於常人的忍耐力，鬆開拳頭。我還不會沒品到輸了就惱羞成怒，用暴力來解決事情。

可是關於遊戲規則，有些點我還是不了解。

我問創也：『你不是說陷阱只有兩個？』

『我是說過。』創也帶著跟平常一樣冷靜的表情，簡潔有力地回答。

『你太狡猾了！明明設了三個陷阱！』

我把屁墊往桌上一放，創也卻伸出右手做發誓狀。『我絕對沒說謊，有的話這個遊戲就無法成立。』

『總共有兩個陷阱——這句話不是謊話嗎？』

『其實陷阱全部有四個。』

創也伸出他的食指。『第一個是，二樓的Tabasco氣球。』

又伸出中指。『第二個是，三樓的甩炮。』

再伸出無名指。『第三個就是，你剛剛中的屁墊。』

創也臉上掛著一抹冷笑。喔！我看了就有氣。

『然後，第四個是，「共有兩個陷阱」這句話。』最後伸出小指。

原來如此……

『共有兩個陷阱』這句話，本身就是個陷阱……

……嗯，還是無法接受……

我決定換個話題。

『這裡有很多電腦和遊戲機耶！』

『撿來的。這麼說比較貼切，整個房間的東西都是撿到後，再重新整修過的。』

聽到這句話，我不禁嚇了一跳。

『這個城市，有很多物品被大家遺棄。只要重新整理一下就可以用，而且幾乎跟新品沒什麼兩樣。』

雖說是那樣，不過還是相當了不起。要修理像電腦那樣複雜的東西，我實在是沒辦法。

『要說修理的話，電腦是最輕鬆的，它根本沒什麼壞。』創也看著桌上的電腦說。

『買來之後，有的人用不順手就丟掉，或是新款上市就把舊的丟掉，這些電腦其實根本就沒有壞。』

『不過，你真厲害。這裡簡直就像是祕密基地！』

『不是祕密基地，而是城堡。』創也很認真地說著。

祕密基地跟城堡，到底哪裡不一樣呢？

『基地是為了打仗。可是城堡不一樣，城堡是守護用的。』

守護用的——創也是這樣說沒錯。

『要守護什麼？』

對於我的疑問，創也並沒有回答。

創也從沙發站起來後，拿出架上的紅茶罐。『為了履行我的諾言，我來泡一杯好喝的大吉嶺紅茶請你喝。』

『我比較想喝牛奶。』

『很不巧，像那種容易臭掉的東西，我這裡沒有。』

我的要求很快地被拒絕。

創也將裝滿水的水壺放在可攜式瓦斯爐上。水是從冰箱裡的寶特瓶倒出來的。

『這個水壺也是撿來的嗎？』

『是啊！』

『從垃圾場撿來的喔……』

『放心！我洗得很乾淨。』

是沒錯啦！可是用垃圾場撿來的水壺泡的茶，我不太想喝耶……

水滾後，創也倒熱水暖一下茶壺。我雖然沒問，但這應該也是撿來的……

看著創也專注的用茶匙放了兩匙半的茶葉。

茶壺就放在電磁爐的旁邊，創也快速地將熱水倒進茶壺，然後用一個像隔熱手套的東西套住茶壺。

『那是什麼？』我指著那個套子問。

『這是茶壺的保溫套，不讓茶壺那麼快變冷。』

『嗯……』
原來想要泡出好喝的紅茶，連這麼細微的地方都要注意到。
『茶壺的保溫套，跟熱水袋的套子很像耶！』
聽到我這麼直率的想法，創也不禁皺了一下眉。
倒了熱水之後，創也用計時器計時三分鐘。趁著空檔，他把暖過的杯子排在桌上。
『用這種茶杯喝，會比較好喝嗎？』我看著那不成對的茶杯問。
創也也認真地回答我：『重要的不是用什麼喝，而是茶的味道。』
他充滿自信，可是擺在面前的是撿來的茶杯，這也是不爭的事實啊！
計時器嗶嗶作響，創也將茶倒進茶杯裡。
跟著水蒸氣飄上來的是大吉嶺紅茶的香味。
『喝喝看，很好喝。』
拿著茶杯的創也，一舉一動都那麼優雅。
『有沒有檸檬跟砂糖？』
回應我的是，創也不悅的臉。
『你先喝一口，如果味道不喜歡的話，要加檸檬或砂糖都隨便你。』
我縮了一下頭，戒慎恐懼地把嘴巴靠近茶杯。
『……創也。』

『幹嘛？』

『你剛說你沒說謊，對吧？』

『很少。』

『我相信你。』

的確，創也並沒有說謊。因為，這杯大吉嶺紅茶十分好喝。喝過這麼好喝的紅茶後，就讓人不想再喝其他紅茶。

『因為我不知道你的口味，所以就照標準的方式來泡，我想下次可以改變熱水的溫度試試看。』創也說。

『溫度？』

『跟一百度的水比起來，用九十二度的水來泡，會泡出更好喝的紅茶。』

『……』

我無言了。

只是一杯紅茶，還得勞師動眾的用到溫度計……（明明是喝紅茶，有必要這樣嗎？）

『換我問你一個問題，好嗎？』創也放下茶杯，面對面地看著我。『你為什麼要來這裡？』

耶……

我深思著。

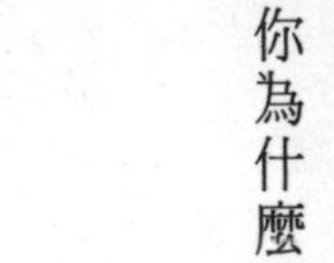

『你如果是想跟我說話，在學校就行啦！何必這麼辛苦，穿過狹窄的小巷，還一一破解陷阱、來到四樓。到底是為什麼？』

我看著創也認真的眼睛。

他說得沒錯……

老實說，創也不是個有趣的傢伙，聊天也聊不起來、總是一個人在一旁看書。

但是同學找我去唱卡拉ＯＫ，我卻拒絕了。就算被說『很難相處』，我仍然要來找創也。

（被朋友貼上『難相處的傢伙』的標籤，是件很嚴重的事情，你能了解嗎？）

然後，費盡千辛萬苦到這裡來。

為什麼我要這麼做呢？

短暫思考後，我說：『因為好玩……吧？』

對，就是好玩，這大概最接近標準答案！

為了見到創也的真正目的，不知何時早已消失無蹤。

一邊破解陷阱，一邊來到創也的所在地——四樓，對我來說有無比的開心。

說完，我看著創也的臉。創也跟平常一樣沒有表情，像科學家看實驗白老鼠一樣地觀察我的舉動。

我拿出鑰匙放在桌上。『鑰匙還你，謝啦！』

雖然嘴巴這麼說，我心裡可老大不願意呢！因為還了鑰匙後，我就不能再來了。

『……』

放在桌上的銀色鑰匙，就像橫在我跟創也之間那條無形的國界。

創也伸出手來。

不過他並沒有拿回鑰匙，反而在我的鑰匙旁邊，打開他緊握的手。

從創也手中掉下一串鑰匙圈。鑰匙圈上吊著公仔，是個戴圓眼鏡的鬍子大叔。

正當我盯著鑰匙和公仔時，創也說：『這座城堡有兩支鑰匙。』

『……』

『直到現在我都沒有把第二支鑰匙交給別人。第一次把鑰匙交出去，就交給你這樣的人，真是太好了。』

耶？什麼意思……

鬍子大叔凝視著陷入沉思的我。

那真是個奇怪的公仔。

『這是出版社送的禮物。那個是華生的公仔，我鑰匙圈上的是福爾摩斯。』

創也拿出他的鑰匙圈給我看，上面的確是一個討人喜歡、有著鷹勾鼻的福爾摩斯。

『為了不要搞丟鑰匙，用鑰匙圈圈著吧！』

咦？這麼說來，鑰匙不用還也可以囉？

『這是一把很特別的鑰匙。它有防偽裝置，是用磁鐵和ＩＣ晶片構成。所以，即使你把鑰匙弄丟，也不會有備份。』

哇……

『這是屬於我們的城堡的鑰匙，給我好好保管它。』

有一瞬間，創也的眼睛溫柔地笑著。

呼……

我的鑰匙圈是圓眼鏡的華生。

『也好，你都這麼說了，我就收下囉！』我故意裝出男子氣概，冷酷簡潔地說話。

這時，創也站起來換了一片ＣＤ。

我的嘴巴不由自主地張開。『創也，你喜歡電影音樂？』

『不討厭。跟那些硬要填上英文詞的日本流行歌曲比起來，起碼超過數百倍的喜歡。』

好好回答就好，為什麼要刻意語帶諷刺呢？

『我下次也可以帶自己的ＣＤ？』

『嗯，有時候聽些電影音樂也無妨。』

就這樣，我擁有城堡的鑰匙了。

今後這把鑰匙會為我做什麼事呢？

心情像是在等待校外教學到來一樣，我下意識地握緊鑰匙。

休息時間

關於龍王創也及城堡的觀察

自從我拿到城堡的鑰匙後，已經過了一個月。

話是這麼說沒錯，但也不是每天都來這裡報到，還是要抓到空檔才會來。國中二年級可是相當忙的呢！（特別是像我這樣，老是被綁在補習班的小孩。）

但是，星期六、日等等休假時，我就會拿著自己想看的書，來到城堡。

在小巷裡行走，也相當習慣了。

『如果你強行要通過的話，反而會被放在那裡的東西卡住。』我曾經提議要清理小巷裡的雜物，以方便通行，創也卻跟我這麼說。

『我不認為那些雜物會妨礙你，它們只是剛好被放在那裡而已。內人你也是，你不要強行通過。如果你將障礙物視為理所當然的話，你就會發現哪邊可以過。』

『……？』創也的這一番話還真難懂。

再加上，他很愛用諷刺法，說話常常會惹到我。

即使如此，我們倒沒有真的打起來，應該是我很能忍吧！

我在學校也很少跟創也講話。創也常待在圖書室，即使是在教室，多半都是一個人看著書。而我依然是我，跟達夫們聊電視或漫畫。

說到創也在城堡又是什麼樣子？基本上跟在學校沒什麼兩樣。

我們幾乎不交談。大部分時間他都是對著電腦，喀喀地敲著鍵盤，或是坐在沙發上看書。

所以我們都是各自看自己的書，聽著帶來的ＣＤ消磨時間。

這一天，創也坐在沙發上看書。我則是躺在另一張沙發上。不過很快地我就對帶來的書感到厭倦，轉而把手伸到牆邊堆著的雜誌和漫畫。

這時我突然問起坐在沙發中的創也。『創也，你看書時都坐得很端正嗎？』

創也默默地點頭。

喔……不是我在臭屁，我看書時一向都是躺著。

關於這個家人也沒說什麼。在我家有條鐵的定律：『書是要躺著、很放鬆去讀的東西。』

『坐著看是我的習慣。』創也開了他的金口說。

然後對話就結束了。我只好繼續看書。

創也不在城堡的時候（這種情況其實很少），我就玩玩遊戲，隨意地泡紅茶來喝。

只有一次是創也幫我泡的。

那時候他喝了一口紅茶，對我說：『這裡並沒有砂糖和檸檬。』

從那次之後，我只泡自己要喝的份。

城堡裡有許多電視遊樂器的主機和遊戲片。從不曾見過的老舊機型，一直到最新的機種都有，創也還真的撿了不少東西呢！

有的甚至還露出主機板。我問創也，他說這是電玩廣場業者給他的電腦遊戲主機板。

舊型電腦也內含不少遊戲軟體。其中有一個遊戲我很喜歡玩。它的畫面是用簡單的線條構成，連背景音樂都沒有，是個非常單調的遊戲，不過故事情節的發展卻讓我興奮莫名。因為很好玩，我想弄一套在家玩，所以我就問創也這套軟體哪裡買得到。

『沒在賣唷！——這是我自己寫的腳本，請認識的電玩程式設計師幫我試做的。』

哇！好厲害！

『這好玩嗎？』創也小心翼翼地問。

『非常好玩！我在家也想玩，你幫我想想辦法？』

『完全沒辦法。』創也伸出手，切掉硬碟的電源。

隨著硬碟的聲音響起，電腦徹底關機。和我一起對戰的主角，也從畫面上消失……

『啊～～』這個遊戲不能記錄，又要從頭玩起了……

突然被中斷遊戲，我忍不住發出一聲慘叫，但創也絲毫不放在心上。

『不行，這種程度……』創也坐在沙發上，再度開口。

『不行、不行。』創也不停地自言自語，但是真有那麼糟嗎？最起碼我覺得很有趣。對於完美主義的創也而言，大概有很多不好的地方吧？

創也嘆了一口氣，站起來泡了兩杯紅茶，一杯放在我眼前。

『五年……』創也凝視著杯子說道。語氣又跟平常一樣。

『現在起五年內，我一定要設計出更棒的遊戲——到時第一個讓你玩。就這麼說定囉！』

然後看了我一眼。

耶？有那麼一瞬間——就一瞬間，我看見創也眼神裡的不安。

他臉上的表情彷彿在說：『沒什麼我辦不到的。』創也總是充滿自信，這是第一次他臉上流露出不安的神情。

當我想要看得更仔細時，已經來不及了。創也又跟平常一樣面無表情。

我用力地坐回沙發說：『可以的話，請試著做做看。』

『當然。』

我大大地點頭。

在一起時他常常讓我生氣，不過，我很高興能一點一點地看到不同於平日的創也。

但是關於創也本身，我知道得很少。

他是龍王集團的獨生子，而且成績十分優秀，這些事情是我早就知道的。來城堡之後知道的事情，差不多就是他喜歡古典音樂和大吉嶺紅茶等等。（還有，看書的時候一定會端正坐好。）

有關於龍王集團，我稍微介紹一下。文章的表現可能會有點不一樣，希望你別介意。龍王集團在歷史課本上也大篇幅地介紹過。

龍王集團在明治後期開始成長。第一次世界大戰結束時，跟政治圈開始往來。第二次世界大

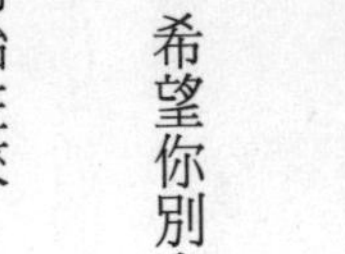

戰後，財團被迫解體，可是龍王集團就像不死鳥一樣，再次復活，且搖身一變成為超大型綜合企業。我想大家都聽過這句廣告詞：『從傳統產業到數位科技，龍王集團是你生活的好幫手。』

當我問創也：『有錢人的生活是什麼模樣？』立刻就被瞪了回來，那眼神像是在說：『不要問這種低俗的問題。』

創也似乎是認為我的問題都很低級，很多問題都不回答。

不過當我問到跟卓也有關的問題時，他卻立刻回答。

『小巷口的馬路上不是停著一台黑色的休旅車嗎？』

聽到我的問題，坐在電腦前的創也點點頭。

『裡面坐了一個總是穿黑色西裝的男人——他是誰？』

『是卓也。』創也簡明扼要地答。

『是你認識的人嗎？』

輕輕地點了頭後，創也又沉浸在電腦世界裡。

感覺到我一直在等待他繼續跟我說些什麼，無可奈何下，創也將椅子轉向我，繼續說：

『卓也是龍王集團的員工。』

『……』

『……』

『就這樣？』

『家母派來監督我的，就像保鑣一樣。』

創也把椅子轉回電腦前，很明顯地他已經說明完畢。

『……好酷喔！』我不禁自言自語起來。

『哪裡酷？』

『有保鑣耶！創也家果然是超級無敵有錢人。』

『有錢的不是我，是龍王家。』創也說。眼睛依舊盯著螢幕。

只要一提到家庭或是家族，他就開始悶悶不樂。

我再次開口。『那個……』

『什麼事？』

『……沒有，沒事。』

我放棄說出另一個讓我覺得『很酷』的事情。他竟然會用『家母』來稱呼自己的媽媽？

是很細微的事情沒錯，不過就這一點看來，我覺得他比我成熟許多。

『啊！還有一件事我忘了說。』創也看著我說。『你敢走進關著獅子的鐵籠裡嗎？』

什麼意思啊……

『你有沒有勇氣徒手跟大野狼搏鬥？』

當然不可能。

『那你就不要去惹卓也。』

『……卓也，是獅子嗎？』

『你或許不能理解，這個世上有很多厲害的人，是無法用常理衡量的。』

之後，不管我問什麼，創也就都不回答了。

另外我還知道關於這個城堡的故事。

這棟大樓，從龍王集團開發計畫中淘汰之後，就荒廢到現在。

前後左右都被高樓所包圍，如果不從空中俯瞰，根本就看不見。

出入口就只有一條——大樓間那條狹窄的小巷。

每層樓雖然都有窗戶，但因為緊鄰旁邊大樓的關係，光線根本透不進來。

周圍的大樓太高，站在屋頂上，感覺就像在深井裡。

瓦斯、水電全都被停掉。不過排水管還在，只要有可攜式瓦斯爐，就能做些簡單的料理。

我問創也一件事，一件我覺得不可思議的事。『這房間裡所有的東西都是撿來的嗎？』

創也點點頭。

『那，沙發和桌子是如何搬進來的？我怎麼想都覺得搬不進來。』

被我一問，創也吃驚地攤開雙手說：『如果是你，你會怎麼做？』

他竟然反問我。

『是我的話，我會先拆開它們，搬進來後再重新組合。』

『就是這樣。稍微動點腦筋，就會明白的。』

這麼說是沒錯。

『拜託不要問一些無聊的問題，簡直浪費時間。』

被他這樣一說，我們之間的對話也無法繼續下去。

我的心裡還有一件事，那是我最想知道卻不能問的事。

我最想知道的是——創也是為了什麼而待在城堡裡？

在城堡時的創也，不是看書就是用電腦，有時候也會認真地在網路上找資料。

可是這樣的事情，不用特地到城堡，在家就能做。

還是說，來城堡是為了看到我——不對，絕不是這樣。我在或不在，創也從不介意，自顧自地做他的事。

到底創也的目的是什麼呢？……

以前創也說過：『這裡不是祕密基地，是城堡。不是打仗用的，而是用來守護的地方。』

創也究竟在守護什麼呢？怎麼想也想不透。

『我知道你有很多問題想問。』創也對著沉思中的我說。

『不過我暫時先不回答你的問題——不是，再過一陣子，就算我不講，你也會明白。』

說完，創也微笑地看著我。

到底我會明白什麼……

結果，比我預期的還早，問題解開的那一天終於到了。

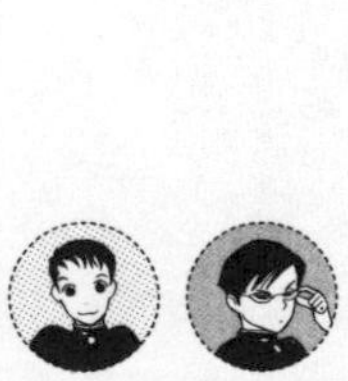

第二部

安全到家
遠足才算結束

第一章　前一天早點上床

星期五放學後。

月考結束，有一股輕鬆的氣息在校園流竄。

我媽好像很滿意我的成績，總算讓我放下心中的一塊大石。（如果能讓我少上幾家補習班那更好。）

一去到城堡，創也還是跟往常一樣在用電腦。

『嗨！』

『喔。』

打過招呼後，我開始泡紅茶。

創也同樣站起來，泡他自己的紅茶。

我問他。『這次月考你考得如何？』

『數學九十分。』除了簡短的回答之外，沒再多說一句。

換言之，數學以外的科目都滿分囉！

『真難得，你數學竟然會錯。』

『我沒算錯。』

不知道是否傷到他的自尊，創也有些翻臉。

『最後一題我想到可以用課本上沒有的解法來解，試算的過程花了太多時間。』

這表示說，如果用平常的解法，就會滿分……

『你的方法是正確的嗎？』

『嗯，錯不了。我的方法可以解開那題。』

『你問過數學老師了嗎？』

創也驚訝地說：『為什麼非問老師不可？我自己後來有確認過，就理論上來說，完全沒有矛盾之處。何必再去問老師？』

相當有自信喔！

『總之，這次考試比起以前，讓我期待多了。還真是要感謝出題老師。』

期待考試——這種話就算一生只講一次，我都想講講看。

創也轉過椅子，對我說：『明天你有空嗎？』

這時——對，就是這時候，我應該要注意到。今天的創也跟平常不一樣，特別愛講話，也特別開朗。

如果是平常的他，就算我跟他聊到考試的話題，他也不會理我。他只會靜靜地看著我，臉上顯出不耐的神情。

只可惜，當時的我完全沒注意到。

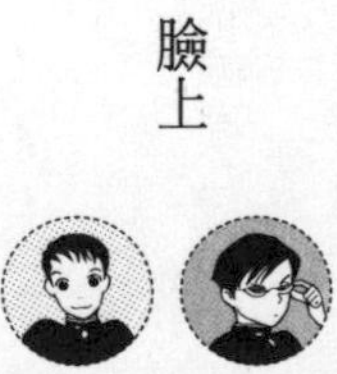

所以我照實回答。『明天？——是沒有什麼事……』

『太好啦！——那你喜歡野餐嗎？』

野餐？感覺上創也跟野餐完全搭不上邊。

『野餐我是不知道啦！但是我喜歡遠足。』

『就這麼決定，我們明天去野餐。』

創也說出了一件讓我很驚訝的事。

『野餐？和誰？』

『跟我。』創也開心地回答。

和創也野餐……不行，這怎樣都想像不到。

我對創也抱持的印象——喜歡喝紅茶、沉默寡言。是個愛關在城堡裡，用電腦和書來殺時間的宅男。毒舌派、博學多聞、又擁有卓越的思考能力，可是欠缺與人保持良好互動的能力，儼然是個社會生活適應不良者。

像野餐這種爽朗的辭彙，跟創也完全不搭。

但是，野餐……嗯，聽起來不錯。

跟創也都是一直待在城堡裡。偶爾出去走走，說不定會發現他不一樣的面貌。

『那我們要到哪去野餐？』

『這是祕密。』

創也不打算告訴我，只交給我一張紙。

『最起碼要準備的東西，都寫在這裡。另外你還想帶什麼都隨便你，但是盡量以輕便為原則。』

我看了一下紙張上的內容。

簡單的食物、雨衣、雨鞋（只要能防水都行）、手電筒、手錶、打火機

『我們是早上出發，傍晚回來嗎？』

創也點點頭。

『那為什麼要帶手電筒？』

創也只是微笑，卻什麼都沒有回答。

『而且，用得到雨衣跟雨鞋嗎？氣象報告說，最近都不會下雨。』

他依舊不回答。

『我應該會帶雨傘。』

『沒那必要。明明不會下雨，帶傘也派不上用場。』創也說。

也對……那為什麼要帶雨衣跟雨鞋？

『……你忘了寫要帶便當。』

『便當？——我不是寫「簡單的食物」嗎？』

創也是這樣回答，可是我覺得『簡單的食物』不符合野餐的精神。

『零食呢？』

『想帶的話，請便。』創也回答得很不耐煩。

『零食大概三百元左右？』

『你喜歡就好。接下來你是不是要問：「香蕉算不算零食？」不要給我問一些無聊的問題。』

的確，我想問的問題，他剛剛都幫我講了。

我決定要問一些有建設性的問題了。

『我們不煮飯，也不需要生火，幹嘛帶打火機？』

『我沒有你那種起火的技術。所以，寫起來預備。』

野餐有需要生火嗎？

『這是野餐——不是露營吧！』

『是啊！很開心、很開心的野餐。』

創也不懷好意地笑著。

你知道和惡魔訂契約的故事嗎？如果你許了三個願望都達成，那麼在你死後，必須把靈魂交給惡魔的故事。我不曾遇過惡魔。但是，創也現在的笑臉，看來就像惡魔的笑臉。

『沒有問題了吧？明天早上七點，到城堡集合。先去車站前的置物櫃寄放行李，來這裡的時候要跟平常一樣。』

『為什麼？』

『我不想讓卓也知道野餐的事。』

原來如此……

卓也是來監督創也的。被發現的話，創也應該會被唸。

可是……

如果這時候了解野餐的細節，不只是卓也會阻止他，我第一個就會退出不參加。

很可惜，當時的我直到最後都認為是要去野餐沒錯。

回家後，我開始整理東西。

『明天我要跟創也去野餐。』

才說完，我媽就很開心的樣子。我跟創也變熟，我媽可是大大地贊同。

『如果你成績跟創也一樣，該有多好？』

這是我媽一貫的台詞。

創也徹底得到我媽的信任。功課好的人特別吃香。

對了，我的行李——

反正創也說要帶的東西，統統塞進背包裡就對了。

接下來——

我打開抽屜拿出一把小刀。這是我五歲時，奶奶送給我的。

野餐不一定會用到，不過把它帶著，當作我的護身符也不錯。

我想起奶奶對我說過的話。

『你知道擁有一把刀子，最重要的事是什麼嗎？』

五歲的我搖搖頭。

『最重要的是，當你不用時，記得收進刀鞘內。』

說完，奶奶還教我使用刀子的方法，以及如何磨刀。

許久未拿出來的刀子。拔出刀鞘，刀身完全沒生銹，還發出銀色的光芒。

『刀劍對使用的人來說，相當的方便。但如果愚者擁有它，反而會招致毀滅。』

我將奶奶的一番話及小刀一起收進背包裡。

第二章　到目的地之前加油吧

第二天是個很適合野餐的好天氣。

在車站前的置物櫃放好行李後，我朝城堡前進。

一如往常，小巷前停著黑色休旅車，而卓也就坐在裡面。

我輕輕的跟他點個頭，就往小巷內走去。

一到四樓，我看見創也從電腦中印了一張紙出來。

『早！』

『嗯，我們差不多可以出發了。』

創也站起來，將印出來的紙收進口袋。

除此之外，他什麼也沒帶。

今天的創也比平常邋遢。髒髒的T恤，加一條縐巴巴的褲子。他那張聰明的臉及整齊的髮型，就顯得有點不太協調。

『創也，你的行李呢？』

『跟你一樣，放在車站前的置物櫃。』

不愧是創也，絕不粗心大意。

我們將城堡上鎖，走出小巷。

走出小巷前，我們先躲在高樓的陰影下，往卓也的方向看。

卓也坐在駕駛座上看著前方。如果我們一走出巷子，馬上就會被發現。

『怎麼做才不會被卓也看到？』當我發問的同時，創也正看著他的手錶。

『時間差不多了……』

什麼意思？

不久，一台警車停在卓也的車前。有兩個女警走下車，敲一敲卓也的車窗。

『發生什麼事了？』我問。

『附近居民舉發，有一台可疑的休旅車老是停在這裡……』創也冷靜地回答。

卓也搖下車窗。

卓也長得又高又帥，連女警看到他都不禁臉紅起來。（創也也好、卓也也好，長得帥就有這好處。）

稍微盤問後，女警請卓也下車。

『就是現在，快走！』創也快速通過小巷，走到馬路上，我則急忙在後面追趕。

『卓也會被抓嗎？』我邊走邊問。

『只是簡單地問一些問題，頂多開一張違規停車的罰單，沒什麼大不了。』

創也的語氣聽起來一點也不擔心。

『可是，太巧了吧！這個時間點剛好有警車出現。託警車的福，我們才沒被卓也看到。』

一說完，我就察覺到一絲不尋常。

這個時間點巧得太離譜，簡直像事先套好招，警車這時候應該出現。

短暫思考後，我問創也：『舉發的民眾——名字該不會是龍王創也吧？』

『這個謎題的答案，沒有人知道。』創也笑著回答。

拿出放在置物櫃的背包後，創也開始往前走。

到這時候，我還是不知道我們要去哪裡。

『跟著我走你就會知道。』

創也什麼也不透露。

穿過站前的馬路，我們朝住宅區邁進。

走了十分鐘後，我們來到一座小型的公園。

原來目的地是公園。

我感到有點失望，本來以為會到很遠的地方。

不過，有時候來公園優哉游哉地玩耍也不錯。

雖然很像老人，但是現在的國中生確實是很辛苦。在公園悠閒地度過一天，也不算過分吧！

我把背包放在漆上綠油漆的長椅上，往沙坑走去。

沙坑裡遺留了許多ＢＢ彈，那應該是小孩子在這裡玩ＢＢ槍留下來的。我撿起那些ＢＢ彈放在口袋裡。

接著我跨上翹翹板。

唸托兒所時，覺得很巨大的翹翹板，如今感覺起來卻如此的小、如此的輕。

『創也，翹翹板又稱為「基坦巴坦」，這是方言嗎？（其實這個別稱是模擬翹翹板的聲音來的。）』

看著我天真的模樣，創也聳聳肩。

我無視創也的存在，要好好享受難得的野餐。

『我有帶冰淇淋，現在來吃吧！』

野餐最適合帶冰淇淋（或是牛奶啦、起司等等的乳製品）。

為了不讓冰淇淋融化，我還特地裝了乾冰帶過來。

我想，創也應該會感謝我才對。

『休息夠了吧！趕快揹上你的背包。』

我看不到創也對冰淇淋有任何興趣。

他說揹上背包……難道這裡不是目的地？

『如果是來公園，我有必要找你嗎？』創也說。一副很受不了我的樣子。

『今天不是在公園裡悠哉地野餐？』

無論我怎麼問，創也始終背對著我，一句話都不說。

他就這樣走到公園角落。

我也趕緊揹上背包追上去。

公園角落裡有間廁所，那是一座大象造型的廁所，想到要走進去都讓我感到害羞。

莫非是要上廁所，才走進公園？

可是我看創也並沒有進廁所的打算，而是走到廁所後面。

廁所跟公園周圍的欄杆之間——創也就蹲在那裡。

他在做什麼？

從後面看去，那裡有個人孔蓋。

『好——』

創也從欄杆前的樹籬中，拿了一個很像是大型吸塵器的工具過來。

『這是什麼？』我問。

『你不知道？這是人孔蓋開啟工具。』創也帶著輕蔑的語氣回答。

要不要打賭？我爸雖然四十七歲了，但是他絕對不知道這個東西。

就算問一百個路人，知道的也大概只有一個吧！（而且一定是個從事下水道相關工作的人。）

『這是做什麼用的？』

『如同它的名稱，它的用途是打開人孔蓋。』

創也在人孔蓋的邊緣，裝上開啟工具。

『現在錐形的溝蓋很普遍，不過想要用鐵橇來撬開它，可是相當困難，所以才發明這種開啟工具。只要使用這個工具，就能安全又快速地打開人孔蓋。而且新型的開啟工具很輕，功能又很完備！』創也滔滔不絕地向我說明，我卻是一點都聽不懂。

旁邊若有個助手，搞不好馬上就會說：『哇！好方便！』

最後創也講出價錢（價錢的尾數一定要是八百元），助手也立刻會說：『哇！太便宜了！』緊接著畫面下方就會出現電話號碼……

『內人，別發呆，幫我個忙。』

徹底沉醉在電視購物世界的我，聽到創也這麼一說，立即回過神來。

我試著移開人孔蓋。雖然這東西並不輕，不過只有一個人還是能移開它。

『很好……』

創也打開包包，拿出手電筒及雨衣。

此時，我大概明白接下來將會發生什麼事，但是為了慎重起見，我還是跟他確認了一下。

『耶？——不是決定了嗎？現在開始我們要潛入下水道。』

創也一副不可思議地看著我。

果然……

直到現在，我終於了解不帶傘而帶雨衣的用意何在（即使下雨，下水道也淋不到）。

『現在要出發去享受開心的野餐囉！』

創也的笑臉，簡直跟惡魔沒啥兩樣（雖然我不曾遇過惡魔）。

『要去下水道的話，一開始講明不就好了？』

我從包包拿出小刀。

『一開始就講，你會跟我來嗎？』創也回答。

也是啦！如果創也一開始就說：『我們去下水道吧！』我立刻就能想到三個以上拒絕的理由。

但是都已經到這裡了，我也不能讓創也一個人去下水道探險……

我隨便選一棵樹，在心裡默默跟它說：『對不起，請給我一些樹皮。』說完便對它深深一鞠躬，開始動手刮樹皮。

我刮了四條樹皮，每一條大約兩公分寬。我拿了兩條給創也，叫他把樹皮捲在鞋子上。

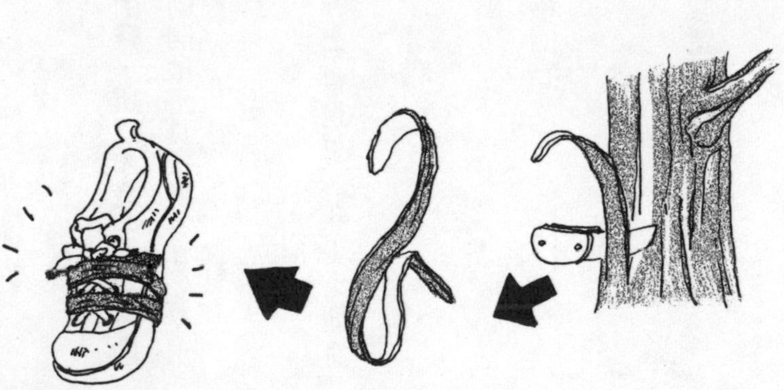

『這是止滑用的，捲個兩圈就行了。』

創也照著我的話去做。

我若早點知道要來下水道的話，就能做好更萬全的準備……

我看了看公園四周，找一找還有什麼東西能利用。

可是，寧靜的星期六裡，這座公園能找到什麼……

掉了一邊握把的跳繩、三個丟進垃圾桶的寶特瓶、兩個塑膠袋。

不行，沒一個像樣。可是沒辦法，沒有更好的選擇，我只好將它們一個個收進包包裡。

還有就是，掉到地面上已經乾枯的樹枝。能撿的就撿吧！順便撿了顆跟壘球差不多大小的石頭。

『喂！內人，不要再撿垃圾，該出發了。』創也在人孔蓋附近對我揮揮手。

真是的，他知道我幹嘛那麼辛苦嗎？

『創也，你準備了什麼？』我問。總之，先把收集到的東西放進包包。

『你放心！大吉嶺紅茶我裝在保溫瓶裡。無論何時，都有熱茶可以喝。』

……我怎麼覺得頭好痛。

『走吧！』

創也拿下眼鏡收進包包裡。

耶？眼鏡拿掉不就都看不到了？

『這只是裝飾用的，完全沒有度數。』創也解答了我的疑惑。『我的視力跟你一樣都是2．0。』

『那你為什麼要戴眼鏡？』

『我媽命令的。她說這樣看起來比較聰明。』

原來是這樣……

創也也是很辛苦。

後來，我覺悟了，也放棄繼續撿東西。

以前奶奶說過：『神明的味噌湯（日文發音音似：只有天知道）。』她還說：『準備，是在你的能力範圍內慎重地進行，並且要能應付各種突發狀況。不過，並非每次都能充裕地準備。那時候，就只有相信自己的力量，利用手邊現有的東西，努力去做。』

『那麼，會很順利嗎？』我問奶奶。

『這個嘛……只有天知道。』

奶奶說——『只有天知道』。當時還小的我，聽成『神明的味噌湯』。

『出發吧！反正有「神明的味噌湯」。』我說。

『你在講什麼神明的味噌湯？』

創也回頭看著我。

『任何事都會化險為夷的咒語啦！』

不用說也知道的事——

下水道很暗。

人孔蓋一蓋上，光線根本進不來。（在公園玩的小朋友如果掉下來，那可糟糕了。）

創也的手電筒，可以固定在頭上，這樣一來，雙手就能自由使用。

我帶的是小型手電筒。手裡拿著它，我就不能下人孔蓋的樓梯，因此我用領巾和手帕，將手電筒固定在耳朵上。

我慢慢爬著樓梯，創也先我一步，就在我腳下。

『這樓梯聽說被稱為「橫條五金」。』邊下樓梯，創也一邊講解。

『樓梯大多是金屬製成，久了之後，會開始腐蝕、生銹，就很危險。所以，最近這種加上聚丙烯膜的樓梯變多了。』雖然這些話對將來應該沒什麼幫助，但創也還是認真地講解著。

樓梯下來的地方是下水道的總管道，直徑約有七公尺的巨大管道。

下水道中間的部分，就像一條河，水不停流動。

河的兩邊有條狹窄的通道，四條電纜貼著牆壁向遠方延伸。

下了樓梯後，我看了看下水道四周。

通道一直延伸到黑暗的深處，緊急照明燈閃著微弱的光芒。

『這條下水道負責運送雨水。』

下水道分成兩種，一種負責運送家庭用水，一種就是我們現在說的雨水管。我感謝上蒼賜給我們雨水。

『這也是我們平常做好事的關係。』

今天創也很不一樣，特別愛講話。大概是來到下水道，異常興奮吧！

『走吧！』

創也往前走。

因為空間狹隘，不能並排走，所以我跟在創也身後。

腳下的路長滿青苔，幸好我們腳上捲著樹皮，才不會跌倒。

除了我們的腳步聲和三不五時水『撲通』濺出來的聲音之外，整個下水道可說是相當安靜。

『我突然想唱〈喔！布雷瑞里〉（這是一首節奏輕快的瑞士童謠）這首歌。』

創也心情很好唷！

在幽暗的下水道聽〈喔！布雷瑞里〉……還是算了吧（但是比起唱〈多納多那〉（這是一首曲調哀傷的猶太童謠），搞不好還比較適合）！

我們來到下水道的T字路口。

每當來到分岔路口，創也就會從口袋拿出那張電腦列印出來的紙。

『這是什麼紙啊？』

『網路搜尋到的，下水道的地圖。』

連這種東西網路都能查得到……

『你差不多該跟我說今天野餐的目的了吧？』我說。

下水道探險——內情絕對不單純。創也不會這麼孩子氣。

而且，每到轉角，他一定會拿出地圖確認。

也就是說，這次野餐一定是有目的地的。

『休息一下吧！』創也靠著牆壁坐下去。

我也跟著坐在他旁邊。

『你有沒有聽說過「四大電玩」？』

我搖頭。

創也為何突然講起電玩呢？

他的表情有別於以往，特別地認真。

我們之所以來下水道探險的原因——隱藏在以下的對話當中！

我靜靜聽他說。

『到現在為止，最廣為人知且優秀的電玩遊戲有四個。第一個，「小牛罐頭殺人事件」。以爭奪小牛罐頭所引發的殺人事件為主軸的角色扮演遊戲。第二個，「地鼠與鮪魚」。地鼠軍團和鮪魚軍團相互廝殺的卡片遊戲，讓地鼠跟鮪魚同在一個戰鬥遊戲盤戰鬥，非常有創意。第三個，

「送往果醬行星的行李」。以科幻小說為題材，將行李送往果醬行星的冒險遊戲書。』

我帶著不可思議的心情，仔細聽著。

晴朗的星期六，我為什麼要在陰暗的下水道中，聽創也說著電玩的事情呢？

『這三個遊戲問世之後，有好長一段時間沒有出現好遊戲。後來，隨著家庭用電視遊樂器登場，「辦公大樓的蠻牛」也問世了。』

『這個我有聽過。』

辦公大樓中的上班族，一邊喝蠻牛，一邊打倒襲擊他的文件，這是失業男的動作遊戲。

創也更詳細的為我解釋：『四大電玩問世以來，已經過了二十年。大家都在想，第五大電玩大概不會出現了。不過另一方面，也有的人在期待第五大電玩出現。盛傳，將來會有個十分了不起的電腦遊戲——「咆哮口紅」出現。』

我從包包裡拿出魚肉香腸，另一支遞給創也。

創也啃起魚肉香腸。

此時，我問起有關『咆哮口紅』的事。

意思我不明白，可是卻給我似恐怖又似溫暖，很奇妙的感覺。

『剛開始我認為這只是小道消息。至今不知有多少種關於第五大電玩的流言，但是「咆哮口紅」的傳言，不同於其他，感覺不到任何「訊息」。』

『訊息？』

『電玩製作公司為了炒作話題，常常會刻意散播謠言。這些謠言要傳達的訊息只有一個——希望你買遊戲。不過，「咆哮口紅」沒有傳達這樣的訊息。相反地，我感覺它甚至要大家避開這個遊戲。』

『這是怎麼回事？』

『創作「咆哮口紅」的人，不是以賺錢為目的，純粹是想做出傑出的遊戲而已。』

嗯……

我漸漸對『咆哮口紅』產生興趣了。

『創作出此遊戲的人，好像叫做栗井榮太，可是幾乎沒有人知道栗井是啥來歷。只知道他是男的，其他一概不清楚，幾歲也不知道。唯一知道的是，他不屬於任何電玩製作公司，是一個自由的遊戲創作者。』

『遊戲創作者？』

這是我第一次聽到的辭彙。

『簡單來說，就是電玩創作界的人。你對於電玩製作到底了解多少？』

有關這個問題，我無法回答。

我右手輕揮，表示我完全沒概念。

創也嘆了一口氣，開始為我說明：『以前——我們出生之前的電玩遊戲，只要一個程式設計師就能完成。實際上，像「打磚塊」這種簡單的遊戲，我就會做。換言之，只要有鍵盤就能創作遊戲。但是，現今的遊戲是行不通的。數十個，多的時候甚至要到上百個人集合起來，才能完成一個遊戲。』

應該是吧……

我想到我的遊戲軟體。

要一個人完成，絕對不可能。

『集合起來的工作人員，還要分成兩組——專業職和綜合職。專業職有：程式設計師、電腦繪圖師、音效設計師等等。每一個的工作內容，你知道嗎？』

被這麼一問，我只好回答：『程式設計師是負責設計程式，電腦繪圖師負責電腦繪圖，音效設計師則是負責音效設計。對嗎？』

創也滿意地點點頭。

『綜合職分成：製作人、總監、遊戲企劃人員。』

我舉起手發問：『等一下！製作人跟總監有什麼不同？』

創也看著我，他的表情似乎在說：『問得好。』

『製作人屬於管理階層，舉凡篩選工作人員、訂定計畫表、管理預算，都由他負責。而總監，就像是電影導演，關於遊戲內容，他擁有最終的權限及責任。遊戲企劃人員，簡單地說就是提供創意的人。懂嗎？』

腦中一片混亂的我，用一個曖昧的笑容當作回答。

『還有編劇。相對於企劃人員，編劇是負責思考遊戲的故事內容。』

不行了……

太多名詞，已經超過我的腦容量。

至少我了解，現在家庭用的電視遊樂器，是許多人分工合作完成的。

『所以，「咆哮口紅」不一樣。』

創也清楚地說：『現在要製作電玩遊戲，是一件浩大的工程。只是一個畫面，就需要有人畫主角、有人畫背景、有人寫程式，分工分得很細。再加上遊戲不光是只有畫面，還包含音樂、故事情節等等許多要素。聽說，栗井榮太完全是一個人完成的。』

聽得目瞪口呆的我，要求創也舉個簡單的例子說明。

『就是說，拍電影時自己寫腳本，自己當演員，製作費自己籌，音樂作曲、鏡頭的運轉到剪接全部一手包辦。夠厲害吧！』

……這不是厲不厲害的問題，而是根本辦不到。

『我也這麼認為。可是，實際上關於「咆哮口紅」，除了栗井榮太以外，沒有出現其他工作人員的名字，也是事實！也許，栗井榮太真的是一個人完成「咆哮口紅」的。』

創也笑了一下。

『最近，網路BBS板上有這樣的留言。』

留言的是一個暱稱『世界衛生組織』的人，內容也很簡短。

再過不久，『咆哮口紅』就要現身。測試版已經完成。

『根本是來惡搞的嘛！』

『你知道「世界衛生組織」的簡稱嗎？』

被創也一問，我開始在腦中搜尋。沒錯，是WHO——不就是『誰』的意思……

顯然不是來亂的。

『這留言能信嗎？』我問。創也聳聳肩。

『不知道。有關「咆哮口紅」的資料，實在太少。』創也的聲音聽來有些焦躁，一點也不像平常冷靜的他。

『栗井現在人可能會在哪裡，也不知道嗎？』

『許多電玩公司都在找栗井。「第五大電玩」一推出，絕對是百萬銷售。所以不只電玩公司，連電玩迷都殺紅了眼在找。電玩迷比任何人都想要更早一步玩到新遊戲。』

我慢慢了解了。

比別人早一步玩到遊戲——對電玩迷來說，可說是十分值得驕傲的事。

『大家用盡各種方法找尋栗井榮太的蹤跡。比方說：調查用電量特別多的建築物。因為要完成一個電玩遊戲，非得大量用電不可。另外也有人在網路上互通資訊，利用電話線路的連結，試圖找出栗井榮太。』

嗯！

這時候，我才回過神來。

創也的一番話，讓我對電玩遊戲有了更進一步的了解。

不過，我依舊無法理解，電玩遊戲跟我們來下水道究竟有什麼關係。

『內人，當你要偷偷開發新遊戲時，你會選擇什麼樣的地方？』

突然被這麼一問，我一時間還真回答不出來。

『我想想看……人煙罕至的深山裡？可是即使是深山，仍然會有電啊……』

『在深山的話，反而更突顯出你陌生人的身分。無論電玩迷也好，電玩公司也好，大家拚了命在找，到深山反而更容易被發現。』創也簡明扼要地說。

『創也，是你的話，你會去哪？』

『就是這裡。現今的日本，只要是有電的地方，無論你到哪裡，很快就會被發現。下水道就不同，這裡有電線、也有電話線，只要帶電腦來，想要偷偷地開發遊戲都不成問題。我猜得沒錯的話，栗井榮太有百分之八十以上的機率，會躲在下水道裡。』

我猜得沒錯的話，有百分之八十以上的機率，是創也想太多。

創也看到我懷疑的神情，就從包包中拿出另一張紙。

『這是這個禮拜以來，ＢＢＳ上「不可思議體驗板」的留言。』

創也的話總是前言不對後語。

或許創也的腦中把整件事情整理得有條有序，但像我這樣一個凡人，要理解他說的話，實在很累。

我把那張紙拿過來看。

家裡的狗看綜藝節目時會跟著笑、看到跟自己長得很像的人、人行道一夕之間換了位置等等，上面寫了很多不可思議的體驗。

『什麼東西啊？』我好奇地問。

『你沒注意到嗎？』

創也拿出包包裡的餅乾遞給我。

『喔……有四則留言是：看見有人活生生消失在眼前。』

『對！他們看到的地點不是死巷，就是沒什麼人的公園。最大的共通點是，消失的那個人，是穿著西裝的上班族。而且我還用e-mail向他們確認了一件事。』

『什麼事？』

『消失現場附近有沒有人孔蓋？』

『然後呢？』

創也神祕地笑了一下。

『賓果！這四個人都說有。』

原來如此！我的腦中對整件事總算有個概念了。

創也在找『咆哮口紅』的創作者——栗井榮太。從ＢＢＳ上的留言來推測，來無影、去無蹤的栗井，搞不好就躲在下水道裡。

這就是我們會來下水道的原因。

前因後果我大概明白了。

但還有一件事我不懂。『創也，你為什麼想要找到栗井榮太？雖然你對電玩很熟悉，但是身為玩家，沒必要熱中到這種程度吧！』

創也沉默了。他正在猶豫，到底要不要跟我說實話。

『不能笑喔！』創也看著我說。

我用此生最嚴肅的表情，鄭重地點頭。

創也開口說：『我想要開發出無人能敵的遊戲。』

創也的表情非常認真。

『我的夢想是創作出完美的遊戲，甚至超越四大電玩。不！包含「咆哮口紅」在內的五大電玩。』

『……』

『所以我要找到栗井榮太。我想知道他在想什麼、在做什麼。』

『當作參考？』

我忍不住插嘴，只見創也大大地搖頭。

『不是參考。如果我跟他做一樣的事，我肯定無法超越他。我要充實他所欠缺的東西。』

創也的眼睛散發出光芒。

聽他這麼說，我不禁心生羨慕。

明明我們都是國中二年級，創也卻擁有自己的夢想。

而且為了夢想不停努力。

『好棒喔……』我自言自語起來。

回頭想想自己，我有夢想嗎？

小學畢業紀念冊上，好像要寫『未來的夢想』？我是寫小說家吧……不過，那也只是寫寫而已，我根本沒有為自己的夢想打拚過。

老師要我們寫未來的夢想，我也是寫過就算了，沒有真的朝夢想前進。

可是創也不一樣。他有自己的夢想，為了實現夢想而努力著。

我現在才知道，創也究竟在城堡裡做些什麼。他是為了開發完美的遊戲，而一直窩在城堡的。

這也是為什麼創也要把廢大樓稱作城堡——他要守護自己的夢想。

創也是龍王家的獨子，身邊的人都期待他來繼承龍王集團。可是他有自己的夢想，所以他才要待在城堡。

為了要守護自己的夢想。
我再一次對創也說：『你真的很厲害。』
『你不會笑我？』
『我幹嘛笑你？』
『你不覺得我很幼稚？』
『不——你很厲害！』
我在想。
何時我也能跟創也一樣，找到自己真正的夢想？
找到時，我會跟創也一樣努力嗎？
想著想著，我就想到一個方法。
『好！我決定了。』
我突然站起來，把創也嚇了一跳。
『我暫時先追隨創也的夢想。說不定哪天，我會找到屬於我的夢想。』
這可不是為了創也。
而是為了我自己，跟隨創也去冒險。
『那麼，我們走吧！為了開發第六大電玩……』
創也握住我伸出的手也站起來。

第三章　笛聲響起，開飯囉

我們在下水道待了超過一個小時了。

創也靠著地圖及指南針，帶領我穿梭在錯綜複雜的下水道，一邊從ＢＢＳ的留言上找尋線索。

『有沒有什麼發現？』我問。創也搖搖頭。

找不到線索，讓創也看來更加疲憊。

如果這麼容易找得到，也太沒有成就感了。我輕快的跟在創也身後，一邊想著。為了要緩和氣氛，我說：『不如，在這裡吃午餐吧！好歹今天是來野餐的。』

我將固定在頭上的手電筒拿下來，掛在牆壁的電線上。

靠著牆壁坐下後，我拿出飯糰、魚肉香腸、冰淇淋等，將它們一一排列在通道上。

另外我還帶了餅乾、牛肉罐頭。

『你帶太多了吧……』看到呆掉的創也說。

『因為你說要野餐，而且魚肉香腸和冰淇淋是野餐的最佳良伴。』

我撕開飯糰的包裝紙，大口吃起來。

創也也拿出三明治開始吃。

『來杯紅茶吧！』創也從保溫瓶倒了一杯紅茶給我。

氣氛真不錯。

雖然我們處在暗無天日的下水道，周遭的景色，除了長滿苔蘚和黴菌的水泥牆外，還有混濁的汙水，但是我的心情就像是在草原上野餐一般。

『好開心喔！』

我繼續啃第二個飯糰。然後我對創也說：『還有冰淇淋。』

因為有放乾冰，所以冰淇淋完全沒融化，還是冰的。

這時，我注意到通道上閃爍著小小的紅光。

那是什麼……？

我看一看通道左右，到處都是紅光。

而且還越來越多。

『你想，那是什麼？』

創也經我一問，抬頭看看左右。

我拿起掛在電線上的手電筒，往紅光處一照！

嘰！

原來是一大群老鼠。牠們突然被手電筒照到，發出『嘰』的一聲，那聲音聽起來就跟用指甲刮玻璃的聲音一樣。

『……』

那些一閃一閃的紅光原來是老鼠的眼睛。

『……創也，你喜歡老鼠嗎？』

『……蟑螂我就沒轍，老鼠倒是還好。』

『好巧喔！我也怕蟑螂。』

『大概是因為老鼠很可愛吧！我小時候有一頂Mickey Mouse的帽子。』

『有一部漫畫叫「太空飛鼠」。』

『還有「湯姆貓和傑利鼠」，我比較喜歡傑利鼠。』

我知道，我跟創也的談話只是在逃避現實。

我拿了一盒冰淇淋給創也。

邊吃冰淇淋，我邊看通道兩側。

右邊──我們走來的路上，到處閃著紅光。

左邊──接著要走的路，也閃著紅光。

而且數目越來越多。

糟了……

我想起奶奶說過的話（回想中）。

『如果要在山上過夜，要注意什麼？』

『大野狼跟山豬。』我回答。

『注意大型動物是應該的，但可怕的是更小的動物。』

『小動物？』

『螞蟻和老鼠。在你睡覺地方的附近，要注意有沒有螞蟻或老鼠窩，不小心不行。』

奶奶這麼一說，我忍不住笑了。

螞蟻跟老鼠有什麼好怕的！

『只有一隻倒還好，但螞蟻或老鼠若是整群進攻的話，可比野狼恐怖數百倍。』

『整群進攻』啊……

現在就是這種情況。

奶奶，可以的話，下次您就直接教我怎麼對付牠們吧！

『這種老鼠看來頗像陰溝鼠。』創也仔細觀察後說。

『圓鼻頭、胖身體，這是陰溝鼠的特徵。』

創也真不愧是博學多聞。

『還有別的特徵嗎？』

『陰溝鼠適應環境的能力很強，分布在世界各地。擅長游泳、個性貪婪且兇暴……』

擅長游泳——也就是說，即便逃到水裡也躲不過……

『屬於雜食性動物，特別喜愛動物性蛋白質。』

動物性蛋白質——代表牠們也吃人肉囉！

我和創也死定了！

『我想，老鼠軍團也才剛吃過午餐，現在肚子還很飽。對吧？』我勉強擠出笑臉問創也。

創也冷靜地回答：『陰溝鼠一天需吃約相當於體重百分之三十的食物，否則牠無法存活。換句話說，牠隨時保持在飢餓的狀態。』

我立刻在腦中盤算起來。

一隻陰溝鼠的重量大約三百公克，百分之三十就是九十公克。

如果這裡有一千隻陰溝鼠，那麼需要的食物總重就是九十公斤。

『這裡大概有幾隻老鼠？』我問。

『超過一千隻吧！』創也說。

我跟創也的體重加起來也不到九十公斤。

一旦被襲擊，我們會被啃得屍骨無存。

到底要怎麼做才能逃過一劫……

我看著創也，只見他輕鬆自在地微笑，彷彿有十足的把握。

『你想到好方法了嗎？』我問。創也竟然說。

『沒有。』

不然他在笑什麼？

『一個人的話或許會恐慌，但是有你在，我就安心不少。』

創也仍然微笑著。

說這是什麼話……

『反正有你在，一定能度過難關。』創也帶著輕鬆的語氣說。（問題是，眼前的狀況根本輕鬆不起來。）

是我多慮嗎？我感覺老鼠有越來越多的趨勢。

我拿起冰淇淋空盒，往老鼠大軍的方向扔去。

沙沙！

紅色的微光迅速吞噬掉空盒。

『牠們食欲很旺盛耶！』

用狼吞虎嚥來形容，真是再貼切不過了。

口袋裡有十來個ＢＢ彈，不過，仍然無法對付一千多隻老鼠大軍。

對了！

我拿出剛剛撿的三個寶特瓶，每個寶特瓶都裝入乾冰。

另外還放BB彈進去，加強威力。

『創也，大吉嶺紅茶還有剩嗎？』

創也點點頭。

再把大吉嶺紅茶倒入寶特瓶。

乾冰遇熱會產生化學反應，從瓶口冒出大量的煙霧。

換作是電視節目，旁邊肯定會加上一排字幕『小朋友不要學喔！叔叔有練過。』

我也不想做如此危險的事。（畢竟沒有人希望自己的手被炸開。）

但是，眼前的情況我非做不可。

我拿了一個寶特瓶給創也。

『蓋子蓋緊後，馬上往老鼠的方向丟去。』

說完，我們交換了一個眼神，立刻鎖緊蓋子。

然後朝老鼠大軍丟去。

寶特瓶立刻就被老鼠大軍包圍。

沒多久——

碰！

伴隨一聲巨響，寶特瓶瞬間爆炸。

『快跑！』

我和創也趁老鼠大軍騷動之際，拔腿就跑。
左右也搞不清楚，總之先跑再說，生怕一停下來，就被老鼠大軍啃光。
不知道跑了多久，我們虛脫地靠著牆壁坐了下來。
幸好，老鼠大軍沒有追來。
『得救了……』稍微喘息後，我說。
整個下水道瀰漫著一股難聞的味道，大概死了不少老鼠！
奶奶常常教我——不吃的生物千萬不要殺……
『這種狀況非殺不可，否則就是我們被吃。』創也說。
嗯……的確如此。
我試圖轉換自己的心情。
『我們趕快找到栗井榮太，早點回家。』
我們同時站起來。
但是創也卻一動也不動。
『怎麼了？』
『我在想，該往哪裡走才對。』
往哪走……
『創也，你不是有地圖？』

『有啊！但是不知道現在身在何處，看地圖也沒用。』

被創也一說，我再次陷入沉思。

現在在哪，不知道……

我看看四周。

『這是哪裡？』

創也被我一問，只能無力地聳聳肩。

我們徹底迷路。

慘了、慘了……

看一下時間，已經過中午了。

總之，我們繼續往前走，找找看有沒有人孔蓋。（感覺上創也比較想找到栗井榮太，對人孔蓋毫不關心。）

在陰暗的下水道中迷路——狀況說不定極惡劣，我們卻一點也不驚慌。

撇開深山不談，雖說我們在下水道中，但始終沒有離開都市。頭上有許多行人來來往往。

更何況我不是一個人，還有創也陪我。

雖然這次郊遊沒有晴朗的陽光、綠油油的草原、和煦的微風，但我還算滿意現況。關於還沒找到人孔蓋一事，就睜隻眼、閉隻眼吧！

第四章　垃圾要記得帶走

我們在下水道中搜尋栗井榮太的蹤影，持續又走了兩個小時左右。

創也現在滿腦子都是栗井榮太，想都沒想過要返回地面吧？

但是這件事卻一直在我腦海盤旋。（要我在下水道靠吃老鼠過活？別傻了！）

所以我一邊找尋人孔蓋，一邊跟在創也後面。

在這之前，我倒是有找到一個。如果回到剛剛那裡的話，我們就能重返地面。

我的心情這才覺得輕鬆。

突然，創也停下腳步，轉身對我笑一下。

『嘿嘿！被我發現囉……』

我朝創也手指的方向看去。

電腦螢幕的光芒，在陰暗的下水道中格外耀眼。

通道上擺著木箱。

木箱上的電腦正在運作。

各式各樣的大型機器利用電線與主機連結。

『這些是什麼？』

創也看到我呆掉的神情，趕緊為我解說：『栗井榮太的祕密基地。』

下水道中突然出現的機器。紅、綠、藍三種顏色的光，交錯地閃著，在牆壁上映照出不可思議的圖案。

感覺上氣溫驟然下降。

這裡並不是為人類而設的場所。眼前的機器，和我們人類是不同的生命體。

而擁有支配權的是，栗井榮太……

到底……他是個什麼樣的人？

『好屌……』創也看著電腦，邊發出讚嘆。

『這些機器不知道是多久之前的機型，不過整理得相當好，大概是裝了最新的ＣＰＵ。』

創也不停讚嘆，因為我對電腦了解不多，所以聽不太懂。

讓我覺得厲害的不是電腦，而是機器的電源，全部是接牆壁上的電線來的。這不就是所謂的偷電嗎？

我跟創也緊盯著電腦螢幕。

螢幕上，有許多品種的貓，一下出現、一下消失。偶爾，喇叭還會傳來貓叫聲。

『栗井這個人果然不簡單，他懂得在鼠輩橫行的下水道中，使用貓的螢幕保護程式。』創也說。

『為了驅趕老鼠嗎？』我問。

『這種騙小孩的把戲，是不可能嚇退老鼠的。』創也一邊說，一邊指著其中一台機器。

一台閃著紅光的小機器，旁邊兩個喇叭就像動物的眼睛。

『這台機器會發出老鼠討厭的頻率——32赫茲到62赫茲。』

原來如此。

創也伸手按一下鍵盤。

螢幕保護程式立即解除，影音播放程式自動地啟動。

畫面上出現一個穿著西裝的男人。

『這人就是栗井榮太……』

頭戴軟呢帽，年紀約三十五歲以上，從臉上的輪廓看得出來，是個臉頰瘦削的男人。不過，他的臉打上了馬賽克，想看清楚一點也沒辦法。

竟然能來到這裡。喇叭傳來男人的聲音。

我的名字是栗井榮太。也就是你要找的『咆哮口紅』的作者。

我和創也互看一眼。

終於，終於找到栗井榮太了！

我不知道你是何方神聖。是男是女、年輕人或老人我也不知道。唯一知道的是，你為了見到我，收集相當多的資料，才來到下水道。

他的聲音是用機器合成的，不帶一絲情感。

你好不容易來看我，我卻只能在螢幕上跟你說話，希望你能諒解。因為，我實在不擅長跟人類交談。

馬賽克的背後，栗井榮太的嘴角微微上揚。大概是他在微笑吧！

有一點要對你感到抱歉。你費盡心血來到這裡，我還是不能讓你看到『咆哮口紅』。雖然『咆哮口紅』保存在這台機器裡，但是對我來說，它還不能算完成品。

創也認真地聽著。

傳說中『第五大電玩』——『咆哮口紅』就在眼前這台電腦裡！

對了，你是不是想要『咆哮口紅』？

透過螢幕我依然感覺到栗井榮太詢問的眼神。然後，創也點了點頭。

很抱歉，你的心願恐怕無法達成。身為專業的遊戲創作者，我有自己的原則。無論大家的評價為何，只要我不滿意這遊戲，就不準備發表它。

畫面那方，栗井榮太從口袋中拿出一個公仔。

是個尖耳朵、長尾巴，手裡拿著銳利的長槍，全身黑漆漆的公仔。

我想起來了，是細菌人，時常出現在蛀牙防治的宣傳海報上。

這是我研發的電腦病毒。現在開始，它將會破壞電腦裡所有資料。

『辛苦開發的遊戲，要破壞它？』

彷彿是在回答我的問題似的，栗井榮太開口說道：不用擔心。我手裡有備份資料。

不久，栗井榮太研發的病毒充斥整個螢幕。

ＩＣＯＮ圖示一個接一個被消滅。

創也慌張地移動滑鼠和鍵盤，卻怎樣也無法停止病毒散播。

啊，有件事我忘了說。

栗井榮太又再次出現在螢幕上。

很可惜不知道你的年齡。如果還年輕，大概不知道『虎膽妙算』這部影集吧？

創也根本沒在聽。

他正拚命地操作鍵盤，試圖停止病毒。

在這之後，你或你的隊友，無論發生任何事，一切都與我無關。並且這台電腦會自動消滅。希望你平安無事。

說完的同時，機器背後冒出白煙。

不妙！

不是我亂猜，而是出自直覺。

直覺告訴我要快點離開。

創也仍在跟鍵盤奮戰，我趕緊拉開他。

『可是……「咆哮口紅」……』

『別管它，快走！』
我急忙拉著創也離開電腦。
逃了約十公尺遠時……
碰！
電腦在我們身後炸開。
激烈的火花，直衝向天花板。
『……』
我跟創也兩個人只能呆呆地望著機器殘骸。

『做得真徹底……』
當火花停止後，下水道又恢復原來的平靜。
我和創也仔細檢查機器殘骸。
零散的主機板、炸碎的電線。
『這樣還能恢復資料嗎？』我問。創也輕輕地搖頭。
也對啦……
這時，我在殘骸中發現一個白色信封。
什麼東西呢……？

我撿起信封，拿手電筒一照。
信封裡面有張邀請函。
邀請函背面什麼也沒寫。
『竟然被當白痴耍。』
創也企圖將卡片丟入水溝中。
『等一下！』
我及時從創也手中搶過卡片收進背包裡。
『就當作今天的紀念吧！』
對於我的話，創也無所謂地聳聳肩。
創也果然很沒精神。
這也難怪，用盡心思才找到保存『咆哮口紅』的電腦，結果卻化為泡影……
我試著提振創也的精神，把手用力地搭上他的肩膀。
『繼續找尋栗井榮太！我相信他會對你另眼相看，絕不敢再把你當白痴耍。而且他留下邀請函，搞不好是希望你再去找他。』
『……』
『依你的個性，不可能被欺負還不反擊。下次換你設陷阱，讓栗井榮太知道你的厲害。』
『你倒滿會安慰人。』

笑容又漸漸回到創也臉上。

『你說得沒錯。坐以待斃是無法超越栗井榮太的，下次換我設陷阱，絕對要他好看。』

『對，要他好看。』

『哈哈哈哈哈……』

『哈哈哈……』

創也笑了，我也跟著他笑。

我們的笑聲在下水道裡迴盪。

後來我們找到人孔蓋，準備返回地面。

我爬上樓梯（這被創也暱稱為橫條五金），用力將人孔蓋打開。

『喝！』

使盡吃奶的力氣，人孔蓋卻依舊動也不動。

『……』

再試一次看看。

……完全不動。

蓋子邊緣與地板之間的空隙，應該填滿沙子或小石頭了。

我對著樓梯下的創也說道：『創也，把人孔蓋開啟工具給我。』

『耶？』

聽到創也疑惑的聲音，我的血液瞬間凝結。

『該不會……』

『我沒帶來。想說會成為負擔，就放在原地。』

『……』

我緩慢地走下樓梯，站在創也面前。

『我問你，沒帶人孔蓋開啟工具，我們要如何回到地面？』

『當初沒想太多，一心一意只想找到栗井榮太。』

一副事不關己的模樣。

天啊！我的頭好痛……

我指著創也說：『創也，你這個笨蛋！』

成績是全校第一，又號稱學校創校以來第一個天才的創也，不過是個笨蛋。

我的怒吼聲，傳遍整個下水道。

『小學老師常說：「回到家為止才算完成遠足。」你亂七八糟的計畫，害我們回不了家！更可惡的是，這個爛計畫，還把我拖下水！』

『我無話可說，我反省。』

創也還是那副吊兒郎當的樣子。

呼……吼過之後，我冷靜多了。不管我怎麼吼創也，也只是浪費力氣。

現在最重要的是，想想如何打開人孔蓋。我和創也靠著牆坐下來。

用力深呼吸，冷靜想想。

我跟創也的力量加起來，也無法打開人孔蓋。那樣的話……

『我們只有回到一開始進來的地方……』我說。

才說完，創也立刻插嘴：『這想法還真愚蠢。你忘了之前我們差點被老鼠大軍襲擊嗎？』

創也還自以為了不起地提醒我。

如果創也帶了人孔蓋開啟工具，正常來講我們現在就能回到地面上。

我轉頭看一眼坐在我身旁的創也。

一點都不擔心的臉，跟平常一樣冷靜。

我開口問他：『你不擔心嗎？這樣下去，我們都會被老鼠吃掉。』

『我也有害怕老鼠的時候……』

創也看著我的臉。

『可是有你在，一定可以度過難關。』

……又來了。

看來我是無法讓你的期待落空。

我打開背包。

裡面有：跳繩、塑膠袋、小樹枝、小刀。奶奶給我的小刀。

從劍鞘拔出來，透過下水道的微光，銀色的刀刃還發著光。

我明白了，這種程度的難題就束手無策的話，奶奶一定會生氣。

我拿起小刀，開始削樹枝。

『在幹嘛？』

創也把頭湊過來。我沒回答，反而反問他：『現在有水和樹枝，你要如何使用它們來打開人孔蓋？』

創也閉上眼睛思考。數秒後，又再度睜開眼睛。

『我知道，你說的是希羅多德（希臘歷史學家）的《歷史》（其巨著）。』

這下換我不懂了。

『我知道你要做什麼。』

創也拿著我削過的樹枝，得意洋洋地站起來。

我是不清楚創也懂不懂，反正他說懂，大概就是懂了吧！

我將放在背包的石頭交給創也。

『臨時找不到鎚子，就用石頭代替吧！』

然後，我聽見創也衷心的讚美。『你的準備工夫，讓我佩服得五體投地。』

說完，他拿著樹枝和石頭爬上樓梯。

這是我小時候發生的事。

奶奶帶我到山上。

在一顆岩石的前面停下來，奶奶問我：『內人，要你使用身邊現有的道具分開岩石，你會怎麼做？』

奶奶把工具交給我——鎚子、扁鑽、小刀。

用小刀不可能分開岩石……

我將扁鑽抵住岩石，拿起鎚子開始敲。

叩！叩！

五分鐘過去，岩石只有小小的裂痕，也僅止於如此而已。只靠鎚子和扁鑽，不可能分開岩石。

奶奶看了一眼，就坐到一旁喝起茶來。

我把發紅的雙手給奶奶看。

『絕對不可能！這種小扁鑽，只能敲出些微的裂痕而已。』

奶奶笑了一下。

『「絕對不可能」這句話，千萬別輕易說出口。』

說完，她削了幾根掉落的樹枝，插進岩石的裂縫中。

接著又在樹枝上劃了幾刀。

『然後——』

奶奶將水壺裡的茶倒在樹枝上。

『好了，我們到附近散步一下，等岩石裂開。』

我跟著奶奶去到山的深處，兩個小時之後回來看——

那麼大的岩石，真的分成兩半了。

『我還不知道你讀過《歷史》這本書。』創也吃驚地看著我。

『金字塔建造時，就是將木頭打入岩石中，在裂縫處注入水，以這種方式採擷石頭。這一段《歷史》有記載。』創也說。

『木頭吸水後會膨脹，如此一來岩石便會分裂——這是前人的智慧，只是逐漸被大家遺忘了。』

喔，是這樣啊……我不知道《歷史》裡有記載，我只是照奶奶教我的方法來做而已。

我跟創也筋疲力盡地坐在一旁。

人孔蓋的邊緣插著小樹枝。

再用塑膠袋汲水，大量地澆在樹枝上。

汲水、爬上樓梯、澆水——我和創也反覆輪流做這些事，那還真不是普通的累。

但是我卻很滿足，至少我有盡全力去做，就不會後悔。

又過了一小時。

人孔蓋邊緣掉下了一些細小的砂石。

緊接著傳來『啵』一聲。

往上一看，人孔蓋已鬆開，透進些許的光線。

太好了，成功啦！

我興奮地爬上樓梯。

『千萬別一下就探頭出去。萬一剛巧在馬路中間，那可就慘了。』

被創也一提醒，我謹慎地打開蓋子。

還好這裡是寺廟的院落。

已經習慣暗無天日的地下道，對於樹梢間灑下的星光，仍感到刺眼。

『哈！』

爬出人孔蓋後，我疲憊地倒向一旁。

我從來不知道世界是如此寬廣，此刻的心情真無法以言語形容。

創也隨後也躺在我身邊。

『總算是出來了……』

『啊……』

我們躺在地上看著天上的星星。

時針指在下午七點半，再不回家我媽會擔心的。但是真的好累，可以的話我真想一直躺在這裡。

話說回來——這裡是哪裡？

不久，寺廟外傳來煞車聲。

接著就是腳步聲。

是誰來了？

腳步聲剛巧停在我們身邊。

我抬頭一看。

站在那裡的竟是卓也！他穿著一身黑，兩手插在西裝褲口袋。

『卓也！』

我跟創也立刻跳起來。

『找到你們了。』卓也用著他一貫平靜的口吻說。

以前，我有跟創也問過卓也的事，但創也只丟給我一句話：『你敢走進關獅子的鐵籠裡嗎？』當時我不太懂他的意思，但此時我完全了解了。

卓也即使是一言不發地站著——仍給人相當大的壓迫感。

我和創也跪在卓也跟前，頭都不敢抬。（太害怕了，以至於不敢抬頭。）

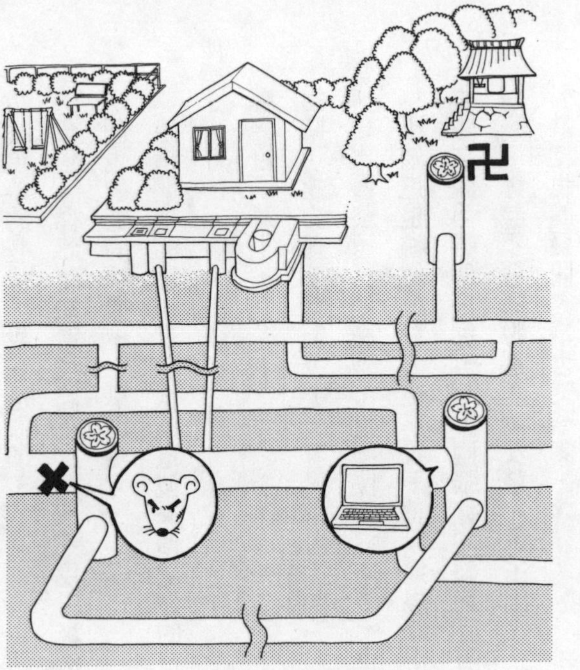

『有什麼理由？說來聽聽。』

語氣雖溫和，但卓也的表情著實嚇人。

創也什麼也沒說，只是搖搖頭。

『那……』

卓也狠狠地在創也的頭上敲了一記。

當然我也不例外，那就像被榔頭敲到一樣的痛。

『拜託，不要給我找麻煩。』

我跟創也乖乖地低著頭。

『要去下水道探險的話，拜託跟我說一下嘛！』

卓也繼續他的嘮叨。

『說了，你會准嗎？』創也問。

『你覺得我會准嗎？』

卓也反問，只見創也搖頭。

『當然啊！這麼危險的事情，我怎麼可能准你們去！』

『那講跟不講有差嗎？』創也小聲地在我耳邊說。
『你剛有說話嗎？』
被卓也一瞪，創也頭搖得跟波浪鼓一樣。
待宰羔羊的心情，我算是懂了。
『卓也，你怎麼知道我們在這裡？』我趕緊岔開話題。
『創也少爺的手機。』卓也說。
『手機開機的話，就能根據電波來偵測你的位置。當然，如果是在下水道等地底下，那就沒辦法了。』
喔，我了解了。
這時，遠方傳來警笛聲。
『日本警察可真是優秀！這麼快就追來！』卓也說，眼睛朝警笛聲方向看去。
『不知道是哪個白痴去檢舉我，說我違規停車，讓問題變得更複雜。』
卓也在說『哪個白痴』時，兩眼直勾勾地盯著創也。
『……你該不會擺脫那兩個女警，逃了出來？』
對於創也的疑問，卓也笑一笑。
『我是創也少爺的保鑣，無論是誰都無法妨礙我工作。』
我投降……卓也真行。

『還不趕快回家？總經理跟董事長應該很擔心。』

『總經理跟董事長？』我小小聲地問創也。

『總經理是我媽，董事長是奶奶。』創也同樣小小聲地回答我。

卓也大踏步地走向車子。

『等一下，卓也，我不知道這裡是哪，怎麼回家……』

被創也一說，卓也回過頭來。

『我只負責監視你，可不負責照顧你……真拿你沒轍。』

於是，卓也告訴我們最近的車站。

『我還要跟警察玩一下「你追我跑」的遊戲。我想先買個東西。』

卓也邊說，邊坐上車。

『買東西？你要買什麼？』

『工作資訊報——這是今年的第五本了。』說完，卓也發動引擎揚長而去。

在轉角處漂亮地甩尾，跟在卓也車後的還有三台警車。

『回家吧……』

『好……』

我和創也一同凝視著警車離開的方向說。

終於，我們快樂的野餐畫下了句點。

因為太晚回家被我媽唸了一頓（補習班晚下課她就不會生氣），不過沒關係啦！

回家後沒多久下起雨來，我忍不住想起那個下水道。

那群老鼠軍團，是否還在下水道裡跑來跑去？

創也整天都待在城堡，沉浸在自己的世界裡。

但是，第二天他立刻恢復精神，繼續埋首於電腦中。

『栗井榮太留下一個很重要的線索。』給我一杯大吉嶺紅茶後，創也說。

他已經完全恢復，跟以前沒什麼兩樣。

我喝著大吉嶺茶說。『線索？有嗎？電腦徹底地被破壞、栗井榮太的臉也打上馬賽克。到底哪裡有線索？』

『就是因為打上馬賽克，所以我才知道。』

創也看來很高興。

『你不也看到那個動畫？現在家庭用的攝影機，是不能打馬賽克的。那麼，栗井榮太是如何完成那部動畫的？』

創也用食指指著我的鼻子。

『你有沒有想過，栗井榮太搞不好跟電視或電影公司有關係？』

原來如此……

創也的想法的確很有道理。

『栗井榮太會不會在電視公司等地方上班？或者，他的親人、朋友在電視公司上班？這都很有可能。』

創也又回到電腦前。

他大概是在蒐集電視、電影公司的情報，企圖從中找出與栗井榮太間的關連。

我看著已恢復精神的創也，安了不少心。

拿起手邊的雜誌，我躺在沙發上看了起來。

創也總是如此。先蒐集情報、發現線索之後，再來一句：『內人，要不要去野餐？』準是這樣沒錯。

無論我有多不滿，還是被迫參一腳。

我腦中有無數架直升機在飛，然後從空中撒下寫有『孽緣』的傳單。

……沒辦法！

第二次野餐到來之前，讓我先暫且休息一下。

第三部

收視率至上

第一章　提出企劃案

有件事我怎麼想都想不透。

這是我小學時發生的事。

運動會跳土風舞時，達夫一直嚷著：『竟然要跟女生牽手！』不只達夫，其他的男生也跟著參一腳，不知道在害羞什麼，大家開始討厭土風舞的練習。

一轉眼，現在已經升上國中二年級。

『還是二班的愛子最漂亮。』午休時間，達夫拿出夾在學生手冊中的照片，得意洋洋地向其他男生展示。

其他男生跟著起鬨說：『是啊！愛子果然漂亮。』但也有其他不同的意見：『我覺得三班的由美子比較漂亮。』等等。

『達夫，你怎麼有這張照片的？』

『我拜託攝影社的木村幫我偷照的。』

達夫話才說完，其他人一窩蜂便奔向攝影社社辦。

看到這樣的騷動，我忍不住覺得奇怪，明明大家小學時很排斥女生啊……不懂……

『人們會因為年齡、性別、社會地位等各種不同的條件，而改變原有的想法跟看法。』在城堡中，創也如此解釋。『還有，面子也是很關鍵的因素。』

面子？為什麼？

『這麼說好了，達夫那一群人當中，搞不好有人小學時就想跟女生牽手，可是周遭的人都說：「不能牽。」所以就算心裡想牽，也說不出口。』

原來是這樣。

『因為現在大家都想牽，所以也跟著說想牽囉！』

『沒錯！其中應該也有不想牽的。』創也微笑著說。

『創也，那你是哪種人呢？』

『我？現在的我對女生或戀愛，沒有興趣。不過，如果是以旁觀者的角度來觀察女生跟戀愛的話，我反而比較有興趣。』

創也說的話好難懂，要花一些時間才能理解。

『簡單來說就是……』創也很有耐心地為我解釋。『我想要成為一流的電玩創造者。為此，關於人類及人類發生的事情，我都必須了解。這樣懂嗎？』

我似懂非懂地點頭。

創也同樣滿意地點頭。

『所以，對於女生及戀愛，客觀說來我是有興趣的，我必須多蒐集不同的資訊。但是，一旦我用主觀的角度來看待女生跟戀愛，那就無法創作出娛樂大眾的遊戲。』

剛剛才說過要簡單說明，結果現在反而更難懂。

『Do you understand？』創也改用英文問我。雖然不知道他用意何在，但我仍燦爛地笑著點頭。

看創也一副懷疑我的模樣，我自信滿滿地說。『也就是說，創也本身對戀愛沒有興趣，看別人跟女生談戀愛比較有興趣。』

創也看著我，臉上的表情似乎在說：『很好，你終於懂了。』

『這跟瞎起鬨有啥兩樣？』我問。

『我希望你能從冷靜的研究者觀點來看事情。』創也說。

在我看來，說法雖然不同，但兩者本質上是相同的……

『我需要廣泛而深入去學得更多知識和技術，所以異性跟戀愛的事情，到此結束。沒必要繼續討論。』

我試著理解創也話裡的含意。

『光只是問我，那你呢？』

耶？

我？

嗯……

被創也一問，我趕緊站起來，把水壺放到可攜式瓦斯爐上加熱。

照著創也教我的方法，我泡了兩杯大吉嶺紅茶。

『喝吧！』

我將其中一杯放在創也面前。

創也毫不打算拿起杯子，用銳利的眼神對著我說：『你打算瞞混過去喔！』

我忙不迭地避開他的眼神。

剛剛創也問我時，我雖然是含糊帶過，但其實我有喜歡的人。

堀越美晴——我的同班同學。

她總是用黃色髮帶將及肩的頭髮束起，是個嬌小的女孩。戴著大而圓的眼鏡，給人一種恬靜的感覺。

因為她從不大聲說話，也不隨人起鬨，所以在班上不太顯眼。不知從何時起，我的眼睛裡就只有她了。

何時開始……大概是一個月前的那一天吧！

『喂！今天放學要檢查書包！』

午休時，達夫衝進教室告訴大家這個驚人的消息。

昨晚沒睡好的我，早早就收好便當，找個靠窗的座位準備小睡一下。

連日來每天都要補習，再加上考試又快到了，我的睡眠時間少得可憐。

『怎麼辦……我今天有帶「The Samba Chair」的CD來……』

達夫的悲鳴聲在教室響起。

校規有規定，不准帶影響課業的CD和漫畫。

『藏在掃除用具櫃裡，怎麼樣？』周圍的人開始給達夫意見。

『哦！這方法不錯！』

達夫趕緊要將CD拿去藏。

『我勸你還是放棄。最近老師連掃除櫃都會查呢！藏在那裡被發現的話，馬上就會被沒收。』我靜靜地說。

『哇！怎麼辦？這張CD是非賣品耶！』

這下達夫一個頭兩個大了。

我拍拍他的肩膀。『是男生就要勇敢面對。』

達夫頹喪地垂下頭。

不過，教室也安靜下來了。我回到窗邊的位子，繼續我的午睡。

但是……

前面位置傳來女生的哭泣聲。

是堀越美晴。她的眼鏡被推到頭上，雙手掩面哭泣。

我沒理會她，繼續睡我的，但卻怎麼也睡不著。

她的哭泣聲雖然不大，卻恰好傳進我耳裡。

沒辦法，我只好睜開眼睛。

『堀越，妳怎麼了？』

她用含淚的雙眼看著我。

老實說，剛開始我並沒有要幫她的意思。

我之所以開口，是想要保障我的睡眠時間。

可是，當我看到她雙眼的那一刻——

我知道我絕對會喜歡上她。

堀越用手帕拭去淚水，拿了一本書給我看。

那是一本跟口袋大小差不多的漫畫。書名是《聽見雨聲》第三集，封面插圖畫著一朵繡球花，一旁有個笑容燦爛的少女。

『這是什麼？』

『……是我的寶貝。』

因為聲音哽咽，我有點聽不清楚，不過綜合她的說明，我大概有點頭緒了。

這本漫畫是她堂哥送的，她很珍惜這本書。
『如果被沒收的話……』
堀越的眼睛溢出淚水。
『幹嘛那麼擔心？漫畫那麼便宜，再買就好了啊！』
不過，她卻對我搖搖頭。
根據她的說明，這部漫畫的發行數量很少，早就絕版了，並且不會再發行。新式的書店不用說，連二手書店都買不到。
『是這樣喔……』
我再看一次那本漫畫，用手指量它的厚度。
十七公釐。剛好與我的食指指甲一樣長。
『堀越，假如我說會幫妳，妳相不相信？』
『耶？』
她不可思議地看著我。
我努力讓她覺得我靠得住。
『包在我身上。』
我站起來往圖書室走去。
圖書室的布告欄上，用大頭針釘著新進圖書的書脊。

我試著找尋厚度約十七公釐的書脊。
《去問問蛞蝓吧》——嗯，就是它。不看推理小說的老師，應該對它產生不了興趣。（讀了後，會因為太有趣，而感到驚訝呢。）
我看看左右，確定走廊上沒有人。
然後快速拔掉大頭針，將書脊放進口袋。
回到教室後，我在堀越的漫畫上貼上《去問問蛞蝓吧》的書脊。
嗯，恰恰好。
『接下來妳要裝出一副「我沒帶漫畫那種東西」的態度，這樣就不會被抓到。』
她相信我到什麼程度，我不清楚。
不過堀越綻開燦爛無比的笑容對我說：『謝謝你，內人。』
我什麼也沒說，低頭回到座位上。
將制服蓋在臉上。
我不想讓堀越發現我臉紅了。
什麼時候喜歡上女生……
在哪種情況下喜歡上的……
老實說我搞不清楚。

不過，唯一能確定的是，我喜歡堀越。
今天，我第一次了解暗戀的滋味。

隔天一早……
我邊打呵欠邊收傘，在學校玄關處脫下鞋子。
打開我的鞋櫃準備取出室內拖鞋。
睡眼惺忪的雙眼不經意看見拖鞋上的粉紅色信封。
粉紅色信封……
耶！
啪嗒！（關鞋櫃的聲音）
我沒有看錯吧？
粉紅色信封……
的確是粉紅色的信封。
我再次打開鞋櫃，一看。
我真的沒看錯。
拖鞋上面的確放著粉紅色的信封。
這種狀況，不就是漫畫裡常有的情節——女生偷偷在心儀的男生鞋櫃裡放情書。

我顫抖著雙手（不要笑，這是我第一次碰到），拿出那封信。
封面寫著：
內藤內人收
背面是：
堀越美晴
一看到『堀越美晴』這幾個字時，我的腦袋瞬間停格。
勉強把意識拉回來。
『早啊！內人。』
是創也。
我的心臟差點要跳出來，神色慌張地看著創也。
『早……早安！』
我以迅雷不及掩耳的速度，將信封藏進口袋裡。
『今天天氣真好，哈哈哈！』
創也狐疑地看了我一眼，又看看我手上拿的雨傘。
『走！進教室吧！』
我搭著創也的肩膀準備離開鞋櫃。
『內人，你不穿拖鞋嗎？』

創也一提醒，我才注意到。

對喔！我忘了穿拖鞋。

一進教室就看見堀越。她看了我一眼，迅速把頭轉開。

放好書包後，我裝作若無其事地往廁所走去。

進到廁所隔間，我仔細鎖好門，並看看左右（當然不可能有任何人），然後將信拿出來。

貼紙撕開後，裡面有一張粉紅色的便箋。

有件事要拜託你。今天放學後，我在銀杏樹下等你。

『……』

接下來發生什麼事，我完全沒印象。等我有意識時，已經是放學時刻。

從便當盒空了這件事看來，我確實有吃午飯。今天小考雖然零分，我也不想去介意。

總之，已經放學了。

我刻意強裝平靜，來到銀杏樹下。

銀杏樹在學校後院的角落。我以前沒注意，倒是有聽過男女朋友都會相約銀杏樹下這類的傳言。

堀越兩手提著書包，站著銀杏樹下。

『抱歉，等很久了嗎？』我問。

『不會。』她邊說邊搖頭，然後是一片沉默。

數分鐘後，我開口問：『妳要拜託我什麼？』

『……』

她還是不說話。

我又等了幾分鐘後，終於忍不住。『要不要吃漢堡？』

我這麼一說，她立即點頭。

速食店門口，插著『每日半價』的旗幟。

『每日半價』比起『平日半價』要划算！我忍不住高興起來。

當然，最高興的是，堀越在我身旁。

再也沒有比這更令我興奮的了。

『想吃什麼？』我問。她立刻手指著價目表上金額最高的——超級堡——價目表上最貴的一種。但我一點也沒放在心上。

我掏錢付了我跟她的份之後，找個位子坐下來。

『妳到底要拜託我什麼？』我問。她什麼也沒說，只低頭默默吃著漢堡。

當漢堡剩一半時，她才緩緩開口：『……能不能上節目？』

『……』

嗯……

剛剛她是說：『能不能上節目？』吧！

一整個出乎我意料之外。

好吧！我承認我是有點期待。期待什麼？讓我保留一下！

『內人，你知道「機智王」這個節目嗎？』

知道，每個禮拜必看。

『機智王』是日本電視台的招牌節目。一般問答節目都是事先預錄，『機智王』卻不同，它是以現場直播為賣點。參賽者的喜怒哀樂，透過現場直播能直接讓觀眾感受到，所以收視率很高。

『我爸爸是「機智王」的製作人。』

現代的問答節目，集結了各種不同構想，而『機智王』比較偏向從前的形式。

每道題目有四個選項，只有一個是正確答案，總共有十題。

參賽者有七人。一旦答錯就必須被淘汰，針對淘汰者還會另外設計懲罰遊戲。

大部分觀眾都以看參賽者被懲罰為樂。

最後殘存的人即為冠軍。

我時常想，如果第一題就淘汰掉所有人的話，那節目不就會開天窗？還好，這種事至今尚未發生。

相反的，已經問到第十題，冠軍卻還未出爐該怎麼辦呢？——這時候就要比誰最快答出正確解答。

獲勝一週可得獎金一百萬，連續十週獲勝即為總冠軍，除了累積獎金一千萬外，再追加一千萬及夏威夷旅行（截至目前為止，還尚未出現過總冠軍）。

現在的冠軍已經連續九週獲勝，下週再獲勝的話，就會成為節目開播以來第一位總冠軍。

『能不能上「機智王」打倒冠軍……』

既然是堀越的請求，我當然不忍心拒絕，可是要我打倒冠軍……

『拜託啦！』

嗯……

『你幫我拜託龍王創也好嗎？』

嗯……耶？

『……龍王，你是說創也嗎？』

『對。你幫我拜託龍王創也上「機智王」，可以嗎？』

……仔細想想，便不難想到會是這種結果。的確，創也比我更適合上問答節目。

堀越哀求的眼神不停注視著我。

『拜託，內人。』

在她的注視下，我毫無思考能力。

也就是說，在無意識的情況下，我答應了她。
『太好了！』
她露出燦爛的笑容。
算了，看在笑容的分上，就答應她吧！
『我一直都想跟龍王創也說話。可是，你知道的，龍王創也總給人難以靠近的感覺——不過，這也是他最迷人的地方。因此，正當我在想要找什麼機會跟他說話時，就想到你了。如果拜託你一定會成功，因為你跟龍王創也的感情很好，不是嗎？而且你很靠得住，上次檢查書包也多虧你幫我。』
大概是我答應她的請求，讓她安心不少，她的話也多了起來。
從她的話裡聽得出來，她對創也的興趣顯然大過我，我充其量不過是襯托創也的綠葉罷了。
現在回想起來，她給我的信裡是寫『有件事要拜託你』，而不是『我有話要跟你說』。如果是照我所期待的狀況發展，應該是『我有話要跟你說』，而不是『有件事要拜託你』。（到底我在期待什麼？還是不要說好了。）
堀越吃著剩下的漢堡，一邊不停對我述說創也有多迷人。
等她終於吃完最後一口時，我說：『說這麼多話，口應該乾了吧！要不要喝飲料？』
『好啊！』

『可樂好嗎？』

我笑著站起來。

看著『每日半價』的旗幟，我不禁恍然大悟。每天半價的話，那跟定價有什麼兩樣？根本就沒有比較便宜！

啊……

不行……好想哭。

跟堀越分開後，我直接來到城堡。

今天雖然要補習，但我沒那個心情去。

城堡前的馬路上，卓也的車停在那裡。卓也在這裡，就表示創也也在。

駕駛座上的卓也抬起頭來看我。我跟他打過招呼後，就走進小巷。

創也正坐在沙發上喝著大吉嶺紅茶。

玻璃桌上全是電腦列印出來的紙張。

背景音樂是我帶來的CD——電影『美國風情畫』的電影配樂。

創也受我影響，最近也聽起電影音樂了。

『今天要補習，你竟然會來？』

創也起身為我泡紅茶。

創也看來心情頗佳。

『有什麼好事發生嗎？』我問。

『可以這麼說。』

創也邊將水壺放上可攜式瓦斯爐。

這時『美國風情畫』的音樂也停了。

『我要換CD喔！』我換上『洛基』的電影配樂。

唱機流洩出小號強而有力的序曲。

『有什麼事讓你心情不好？』創也問。

『怎麼說？』

『因為會聽「洛基」，顯然是想提振不好的心情。』

創也的觀察力，果然不是蓋的。

『沒什麼大不了的事。』我說。

『創也，到底發生了什麼好事？』

只見創也難掩興奮，把桌上那些紙拿給我看。『我找到栗井榮太了！』

創也給我看的是，電視或電影公司的內部資料，針對攝影棚及機器使用所做的記錄（奇怪，這些資料他打哪兒來……）。

『這裡面有日本電視台的資料，你先看看G攝影棚的使用記錄。』

資料顯示的時間約在半年前。

半夜一點到兩點之間，有個叫『I-TA　ERIKU』的人在使用。

『誰是I-TA　ERIKU？』

『是栗井榮太。你把「KURIIEITA」轉換一下，就會變成「I-TA　ERIKU」。』

KURIIEITA→IITAERIKU→I-TA　ERIKU……我懂了。

『這不是很奇怪嗎？電視台的攝影棚只有一個人使用，其他工作人員卻沒使用。況且，我不認為他是在錄節目。到底「I-TA　ERIKU」這個人在做什麼？』

『莫非是錄製之前我們下水道看到的動畫？』

『賓果！』

創也拿著茶杯，另一隻手指著我。

『一般人是沒有辦法借到電視公司的攝影棚，除非電視公司裡有人跟「I-TA　ERIKU」有關係。從那個人下手，最後一定可以找出栗井榮太！』

沒錯！

原來創也心情好，是因為找到栗井榮太的相關線索，因此整個人high起來。

『不過，眼前困難重重。』創也的聲音一瞬間黯淡下來。

『第一個問題，我們要如何混進日本電視台？與大眾傳播相關的樓層，戒備十分森嚴，不可能讓我們這種國中生進去。』

『龍王集團不是有贊助電視節目？拜託你媽動用關係，讓我們進去如何？』

我的提議立刻被否決。

『我不想拜託我媽，這是我的事情。』

是，是，你有骨氣……

那我們要怎麼混進日本電視台……

最近，我好像在哪聽過這個電視台……在哪兒呢？

啊！我想起來了。

『創也，我們一定進得去日本電視台。』

『耶？』

看創也一臉驚訝，我連忙把堀越拜託我的事說出來。

『她希望我能上問答節目？』

『對！這樣我們就能堂堂正正進去日本電視台。』

『平常多做好事，一定會有好報。』

創也舉起他手中的杯子。

我用我的杯子輕碰他的，乾杯！

鏘！清脆的撞擊聲在城堡裡回響。

『話說回來，你為什麼心情不好？』

『耶？』

糟糕，該怎麼說才好……

『真的！』

隔天放學後，我跟堀越約在漢堡店碰面。

當我告訴她，創也答應上節目時，她的雙眼頓時散發出光彩。

我想，只要能看到她的笑容，無論多艱難的事情，我都會欣然接受。

『謝謝你，內人。拜託你果然沒錯，你真的是非常靠得住耶！』

堀越目不轉睛地凝視著我。

我耗費大半精神，提醒自己要有男子氣概。

但僵硬的表情，就像被煙燻到眼睛一樣。

『今天換我請客。可樂好嗎？』

『嗯。』我答。仍舊一副僵硬的表情。

堀越立即買了兩杯小杯可樂。

『這個給你。』堀越從書包裡拿出一捲錄影帶。『這是上個禮拜的「機智王」，你拿給創也看。』

我收下那捲錄影帶。

『麻煩你轉達，說下個星期天到日本電視台。正式錄影是晚上七點，不過下午六點有一場參賽者的說明會，所以下午五點半在門口集合。』

『有一件事要麻煩妳。』我拿出萬用手冊說。『創也想參觀電視台。可以的話，就約早上碰面。』

目的當然是要找尋栗井榮太的相關線索。

『嗯……』堀越短暫思考後說。『我去拜託我爸，應該沒問題才對。』

『真是太棒了！創也也會很開心。』

『你剛說「創也也會」，那表示你也要來囉？』

『不行嗎？』

『當然可以，就我們三個一起去。』

『謝啦！想吃什麼？我請妳。』

『超級堡。我肚子也剛好餓了。』

『ＯＫ！』

我立刻起身。

從以上的對話，你知道我跟堀越的表情是如何變化的嗎？把它當作國文考試，想一下吧！

……

想到了嗎？讓我來公布正確解答。

我不想把悲傷寫在臉上，強裝鎮定，所以基本上表情沒太大變化。

堀越就不同了。

當她問：『你也要來囉？』時，臉上的表情就像小孩子知道要打針時，那種驚訝的樣子。

當她說：『就我們三個一起去』時，她的表情彷彿在說：『我今天其實想吃咖哩飯，不過拉麵也可以啦！』

當她說肚子餓時，陽光般的笑容才又回到她臉上。

——你，答對了嗎？

究竟我是在做什麼啊？

站在價目表前，我一邊算買一個超級堡，可以買幾杯小杯可樂時，眼淚就不爭氣地掉下來了。

第二章　節目組織與企劃檢討

『這樣應該就沒問題……』

平常就堆滿電腦和遊戲主機板的城堡，現在是更加凌亂。

原因是，被創也分解的錄放影機零件，散亂在地板及桌上。

『我才在想說要弄一台錄放影機呢！』當創也看到堀越那捲錄影帶時，才說完話立即往垃圾場去。

因為城堡內並沒有錄放影機。

螢幕倒是很多，不過那多半是電腦或遊戲用螢幕。

沒多久創也扛了幾台錄放影機回來，興奮地拿出螺絲起子。

『你要修理喔？』我問。

『包在我身上。現代的家電用品，大概五年內耗材就會壞掉。把壞的部分換掉，又會跟新的一樣。』創也說。他的手沒停過，一個接一個地拆掉錄放影機的外殼。

插上插頭，一一確認故障的地方。

『不會被電到？』

我看得心驚膽跳。

『不要分解得太過火，可疑的地方不要碰，就沒問題。』
這麼說也有理，不過我還是會怕。
我藉著泡紅茶，趁機遠離機器跟創也。
『如果能修好的話，下次換撿ＤＶＤ播放器。』
修理機器時的創也，看來特別開心。
沒多久，一台嶄新的錄放影機重新組合完成。
錄放影機和螢幕接上影像及聲音端子後，插上插頭。
『會不會爆炸？』
『有可能。』
放進帶子，創也在沙發上坐下來。
我則躲在沙發後面，只露出一顆頭。
節目一開始，伴隨著大量的音樂，跑馬燈不斷秀出節目的名稱——『機智王』。
好幾名舞者踏著輕快的舞步出場。五彩繽紛的氣球，在棚內飄揚，鞭炮聲不絕於耳。
毫無意義且俗氣的開場。不知情的人看到，搞不好還會以為是電視台被攻擊。
聲音漸漸變小，開始介紹節目贊助商。
『本節目是由龍王集團所贊助的。』
『什麼嘛！這根本就是創也家贊助的，不是嗎？』我說。已經看過無數次，我竟然都沒注意到。

『跟我沒關係。』

創也一臉不悅，索性快轉龍王集團的廣告。

廣告結束後，穿著短洋裝、肩上披著一塊像小斗篷的四角布，一副古希臘哲學家裝扮的人，出現在鏡頭上。（這節目也太浮華了吧……）

『你剛說的短洋裝叫做chiton，是古希臘人的日常穿著。至於斗篷，則是外出時穿著的外衣。』創也詳細為我解說。

但是，無論chiton或斗篷，對我將來的人生都毫無幫助。

『你不是看過這節目？怎麼連chiton都不知道？』

創也你就別再追問下去了。

凡是電視出現過的東西都叫得出名字的人，簡直就是天才！

『這是智慧的時代。』穿著古希臘服的男人嚴肅地說。『真正的智慧，需要龐大的知識來支持。你要不要也來挑戰看看？』

鏡頭又重新回到攝影棚。

舞台中央站著兩位主持人。

觀眾席上，觀眾正用力鼓掌。

鏡頭帶過主持人及觀眾席後，停在舞台後方七名參賽者身上。

參賽者中，最上方的是上週的冠軍。

鏡頭繼續往上帶——

冠軍的頭上，有個水晶箱裝著的貓頭鷹。

嗚！嗚！貓頭鷹叫聲響起，鼓掌聲也跟著停住。

兩位主持人面對鏡頭深深一鞠躬。

『雅典娜貓頭鷹開始鳴叫。又到了今天的「機智王」時間。』

『敬請期待今天的「機智王」。』

觀眾席再度爆出如雷的掌聲。

『原來那隻貓頭鷹叫作「雅典娜」。』

創也聽我一說，用可悲的眼神望著我。

『黑格爾說過：「雅典娜的貓頭鷹黃昏之後才展開雙翅。」你難道沒聽過？』

被這樣問，我當然要點頭表示知道。

不是我亂講，黑格爾應該是個人名吧？

『雅典娜是古希臘羅馬神話裡，專司智慧的女神。而貓頭鷹是雅典娜的使者，也被視為智慧的象徵。』

『……』

『雅典娜的貓頭鷹，指的是雅典娜的使者——貓頭鷹，不是貓頭鷹的名字。』

完全不曉得……

我只知道這種情形稱為『恍然大悟』。

『至於「雅典娜的貓頭鷹黃昏之後才展開雙翅」的含意……』創也還想繼續解說，但我沒有意願再聽。

我一言不發地起身，準備再泡杯紅茶。

不用回頭也知道，創也又在聳肩。

六位參賽者的介紹已經結束，開始要介紹冠軍。

冠軍選手兩手交叉站立，跑馬燈秀出他的名字。

我毛豪太郎（十四歲）

就是他，連大人都敗在他手下的國二生——我毛豪太郎。

『目前冠軍選手已經連續八週獲勝，本週若繼續獲勝，就是九連勝。距離至今仍未產生過的總冠軍，只差一步了，請問現在心情如何？』

『跟平常一樣，盡我全力。』說完，撥了一下前額的劉海。大概是燈光打得好，看起來他的牙齒在發亮。

觀眾席上發出『啊……』的歡呼聲。

鏡頭立刻來到觀眾席，不少女性觀眾朋友手裡揮舞著寫有『GO！豪太郎！』的扇子。排場不輸給當紅偶像。

『為什麼大家騷動成這樣？』創也問我。

我將泡好的紅茶放在創也前面。

他竟然也有不知道的事，我感到些許錯愕。

『因為他是「機智王」的冠軍，再加上他有偶像般的臉孔，女生會騷動也不全然沒道理。』

對我的說明，歪著頭的創也顯得很困惑。

『冠軍不過比一般人多一點知識，勉強稱得上博學而已，我不認為有多了不起。』

嘿……

這種話——從沒知識的人口中說出，只覺得是不服氣；但從像創也這樣聰明的人說出來，就頗讓人討厭。

『你不覺得嗎？最重要的不是知識的多寡，而是知識與知識結合，開創出新局面的力量。』

說得沒錯。可是，我也想有創也一般的知識，一點點也好。

『只是單純針對知識設計問題，是可以「作弊」的。』

創也銳利的雙眼緊盯著螢幕。

主持人一說完比賽規則後，第一道題目便開始了。

一八八九年制定的大日本帝國憲法共有幾條？

①十七條 ②二十八條 ③七十六條 ④一〇八條

參賽者前方設有四個按鈕，要從①到④選出正確答案。

我也跟著想。

之前社會課有上到『十七條憲法』……的樣子。

『創也，答案是不是①？』

創也以搖頭代替回答。

是嗎……？

『答案是③。』

果然一如創也所說。

毫無意義的音樂結束後，主持人公布正確解答。

答錯第一題的是個三十歲左右的男人。

『懲罰遊戲！』

兩位主持人都高舉拳頭。

觀眾席也響起陣陣歡呼。

比起比賽本身，懲罰遊戲似乎更受歡迎。

創也按下快轉。

『不看懲罰遊戲？』

『沒興趣。』

喔，每個人的喜好真的大不相同……

『接下來是第十題——也是最後一題。』

主持人說完，畫面上出現兩個人——冠軍選手及另一位參賽者。

直到最後一題，還分不出勝負的話，就比誰最快回答出正確解答，即為本週冠軍。

『創也也試試看？』

我說。創也沒回答，只沉默地看著錄影帶。

第十題開始。

日本將棋中，先下的那一方共有幾種下法？

①十八種 ②三十種 ③三十六種 ④四十八種

創也比了個2。

同時，冠軍選手也按下二號鈕。

過一會兒，另一名參賽者才按下二號鈕。

又是一陣音樂聲。

『正確答案是②，三十種！』其中一位主持人忘情地吼叫。

女助理立即送上花束給冠軍選手。

『恭喜你連續九週獲勝！下週繼續獲勝的話，就是總冠軍——並可獲得兩千萬和夏威夷旅行。』

另一位主持人拿著麥克風說，而冠軍依舊在撥弄劉海。

『我會加油！』冠軍的一句話，又讓台下女性觀眾如痴如狂。

『很遺憾的，最後落敗的參賽者，我們還是準備了懲罰遊戲……』

看到這裡，創也按下STOP，主持人的笑臉旋即消失在螢幕上。

『不把它看完沒關係嗎？』我問。創也邊收帶子說。

『內人，我看你是不是搞錯了？我答應錄「機智王」，是為了混入日本電視台，找尋栗井榮太的線索，而不是為了打倒冠軍。』

是沒錯。

可是……

我腦海浮現堀越的臉。

『我希望能打敗冠軍……』堀越是這麼說的。

我跟創也說：『反正都上節目了，十題都對就能打敗冠軍喔！』

『沒興趣……』

『十題都對的話，就有一百萬耶！』

『也沒興趣。我想要的東西，這城市都撿得到。』

『可是……堀越希望你打敗冠軍……』

『我可沒有義務為了她努力。』

創也說得也有理。

可是，那時候的堀越帶著哀求的眼神，對我說希望創也打敗冠軍。

她的要求，我卻無法達成。

『創也！』我下意識地抓住他的衣領。『拜託，給我認真地打敗冠軍。』

創也正面迎上我的眼神。然後，優雅地撥開我的手。

『你又搞錯一件事。』創也微笑著說。『光論知識的多寡，你覺得有人贏得了我？』

……對喔！

我再次確定站在我眼前的是龍王創也。

這個人比誰都有自信，也比誰都自負！（相反地，他脫線的一面也隨處可見。）

創也不可能會輸。

第三章　節目製作的要求與命令

星期天一早，卓也開車送我和創也去電視台。

我是第一次坐這輛黑色休旅車。坐墊很軟，坐起來非常舒服。

『喂！這是哪一個廠牌的車？』我問創也。

『七四年款道奇・摩納哥四四〇。平常行駛時不會發出噪音，但只要卓也一踩加速裝置，就沒有人追得上。』

話題的主角——卓也，始終沉默地開著車。

平時就是寡言的人，今天看來似乎心情極差。

『好不容易休假……』卓也低聲抱怨。

『創也少爺，平常你都待在那棟廢樓一直到傍晚——今天不打算這麼做嗎？』

『我也有我的應酬。』

坐我旁邊的創也，不敢直視卓也。

『我以為創也少爺會待在廢樓，所以我也安排了行程。』

『什麼行程？』

卓也沒有回答，從前座拿一本雜誌給我。

封面大大地寫上『換工作是人的天性』，原來是本工作資訊報（這個標題下得真好）。

『……』

我打開事先用便條紙做記號的內頁，上面有一則是托兒所徵保母的消息。

面試時間是今天中午。

『……卓也，你該不會想去當保母吧？』我問。卓也依然面不改色地回答。

『你不覺得，現在的我很需要小孩天真無邪的笑容嗎？』

的確，當創也的保鑣，會這樣想也是理所當然。

可是托兒所的小朋友，會怎樣呢？

『你覺得我不適合當保母？』

被卓也一問，我竟答不出話來。

畢竟我不想說話傷到別人。

『但是我現在的工作是保護創也少爺。創也少爺要去電視台，我就不能放著不管。很遺憾，只好取消面試。』

只不過去個電視台，卓也會不會太誇張？

卓也看到我驚訝的表情，趕緊說明原因。

『創也少爺若不小心上了電視，我可是會被社長罵的，因為創也少爺是龍王集團的繼承人，一旦長相或名字洩漏出去，說不定會被綁架。』

『……』

我壓低聲音不讓卓也聽見，小聲地問創也：『你沒跟卓也說，你要參加錄影？』

『我只說要去電視台參觀、寫報告。老實說的話，你覺得他會送我們來嗎？』

不可能……

卓也繼續滔滔不絕地說：『可以的話，星期天盡量不要安排活動，因為我也有面試的行程。』

『今天你就別理我們，去面試就好了。』創也繃著臉不悅地說。

『不行。我到辭職為止都是創也少爺的保鑣。』

卓也回答，眼睛仍然直視前方。

星期天早上的路況十分順暢。

我們比約定的時間還早到日本電視台。

電視台全由銀色大樓構成，一個一個堆砌起來，就像小孩子堆積木一樣，高低起伏不定。

屋頂上有兩個大型碗狀的天線，還有一個三角形天線。

階梯上去正對面是玄關，牆上掛著一塊寫著『JAPAN TELEVISION』的金屬板。

堀越就站在擦得亮晶晶的玻璃門前。

一同下車的創也、我、卓也，舉起手跟堀越打招呼。

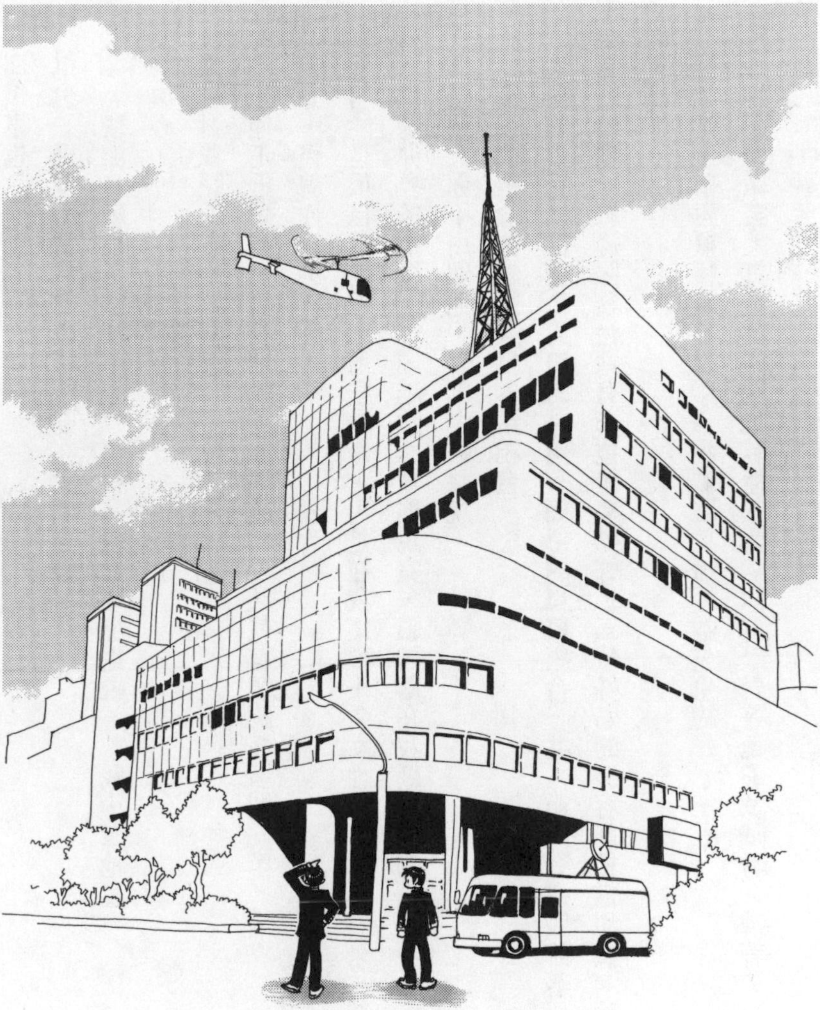

耶，卓也？

卓也一副理所當然的模樣，跟在我們身後。

『怎麼辦？創也，這樣下去卓也會發現你要上電視。』我小聲地說。

『放心。』

創也對我眨眨眼。

然後他走近堀越，流利地說：『堀越，今天就有勞妳多多關照了。』

說完，禮貌性地笑一笑。

他可能是很自然地做出這些動作，可是在我這種不受女性青睞的人看來，特別感到刺眼。

『也請你多多指教。』堀越臉微紅地說完，眼神落在我們身後的卓也身上。

『這個人你不用理他。』創也輕聲說。

然後我們跟著堀越進入日本電視台。

大廳的天花板很低，入口的左邊有簡單的桌椅組合，共六組。旁邊裝飾著以前用的攝影機及電視台的模型。右邊服務台共有三位櫃檯姊姊，三位姊姊的笑容都相當甜美（我不由得想起漢堡店的大姊姊）。

堀越走上前對櫃檯姊姊說：『我們跟導播堀越先生約好了。』

姊姊面帶微笑地打電話向堀越導播確認（你可以對著鏡子試試看，帶著笑容講電話，不是那麼容易的一件事）。

另一位姊姊遞給我們一份文件及一枝筆，請我們分別寫下姓名、地址。

『這個人不用留資料。』

創也拿走卓也面前的文件。

『這位先生不是跟你們一同前來的嗎？』

『不是，我不認識他。』被姊姊一問，創也如此回答。

『創也少爺，你在說什麼？』

『那就是非法入侵囉！』

驚訝不已的卓也話未說完即被姊姊打斷。

這時第三位姊姊拿出警笛，嗶嗶嗶地狂吹。

馬上就有保全人員從建築物後方湧上來。

大家毫不理會卓也的解釋，其中一位保全甚至伸出雙手作勢要逮捕他。

『在幹什麼！』

卓也試著掙脫。不過，幸運之神並沒有眷顧卓也，他被那位保全制伏了。

『他還在抵抗！』

『小心一點！』

剩下的保全，把卓也團團圍住。

這時——

『啊！讓你們久等了。創也和內人。』

一個身穿灰色西裝，戴黑框眼鏡的男人現身。

年齡約在四十五歲左右。本壘板臉配上旁分的髮型，看起來是個溫和的人。

『我是美晴的爸爸。』說完，他各拿一張名片給我和創也。

名片上寫著：

日本電視公司

導播　堀越隆文

當我和大人交談時，我會先注意對方的態度是否有禮。

若對方把我當小鬼的話，我也不會對他客氣。

另外，表面上裝作很客氣，但心裡還是把我們當小鬼的，這種人是得不到我的信賴的。

堀越導播的遣詞用字並沒有把我們當成小孩子，甚至恭敬地遞名片給我們。感覺上是個值得信賴的人。

『很感謝你們今天參加「機智王」的節目。我聽我女兒說，你們也想參觀電視台，不如我們先到休息室吧！』

堀越導播這才注意到我們身後，卓也跟保全們正扭打成一團。

『發生什麼事？』

『看起來像是有人企圖非法入侵，保全人員要逮捕他。』創也微笑著回答。

少年戰神 I
格鬥遊戲
Fight Game
KATE WILD
凱特·懷德
Shannon 譯
我是鬥士、英雄？不，其實我是怪胎！
首刷限量附贈：松崗 ONLINE遊戲光碟片！
皇冠文化集團 www.crown.com.tw

聽到這消息，堀越製作人一點都不慌張。

他冷靜地對櫃檯姊姊說：『幫我打個電話到新聞部。』

堀越導播接過電話，向對方交代：『喂，間山嗎？我是堀越。你快派人到大廳來，有個入侵者正跟保全纏鬥不休。對，我正在現場，對方很強悍唷！好久沒看過這麼強勁的入侵者了，可以登上今天的新聞。』

掛上電話，他繼續笑著說道：『我們走吧！』

邊走的同時，我問堀越導播：『不常有入侵者嗎？』

只見堀越導播搖搖右手回答：『常有的事。正因為電視過於普及，使得許多人往往分不清楚電視或現實。有人覺得自己的意見比時事評論家正確，又或者有人入戲太深——很多種人會來亂。』

是喔……

我們跟著堀越導播走在彎曲的走廊上。

我以前曾聽過一個說法，電視台的構造之所以如此複雜，是為了在武力政變時，不被恐怖分子佔領。

搭電梯時，我向堀越導播提到這個說法。

『一派胡言！』

堀越導播又搖搖右手。

『別的電視台可能是這樣，不過本台並非如此。大家之所以會迷路，是因為本台的建築層層疊疊的關係。』

堀越導播很開心地為我解釋。『假設我們現在在本館八樓……』

出了電梯之後，堀越導播帶著我們前進分館。

『你們猜猜我們現在是在分館的幾樓？』

『八樓！』我和創也齊聲回答。

『抱歉，答錯啦！』

堀越導播打開分館大門，指著牆上樓層的顯示牌，牌子上大大地寫著『六』。

為什麼？

『分館是新建築，電腦線路沿著地板跟天花板配置，所以一樓比本館高。』

原來如此，所以分館跟本館的樓層數對不起來……

堀越導播仍然興奮地帶著我們四處參觀。

美晴時常扯著她爸的西裝下襬說：『爸爸，不要嘻嘻哈哈的。』

唯一令我感到訝異的是，一路走來幾乎看不到一台電視。

我對電視台的印象是——走廊上放有好幾台電視。

我把我的想法告訴創也。

『內人，你是不是把電視台跟電器行搞混了？』

創也冷冷地看著我。
之後，我也不知道有經過哪些地方，總之我們來到了休息室。
『創也、內人，你們一定要喝看看這裡的咖啡。』
『有那麼好喝？』創也問。
堀越導播邊搖手指邊咂舌。『剛好相反。再也沒有比日本電視台更難喝的咖啡了，所以你一定要喝，將來可以當作茶餘飯後的話題。』
我跟創也只能在一旁乾笑。
休息室約有四個教室大。
到處都是四個人坐的位置。
『坐哪好呢？』
堀越導播把手放在額頭邊故作遙望狀，找尋空位。
那動作十分小孩子氣，有趣極了。
『啊！坐那邊吧！』
我們要坐的位置上，已經有個戴太陽眼鏡的男人，桌上還擺著三明治盤和咖啡杯。
『嘿！小寺。』堀越導播揚起手跟那個男人打招呼。
那個男人面無表情地看著我們一行人。（因為他戴著太陽眼鏡，所以才沒有表情……）
他的年紀約在三十歲左右。瘦削的臉龐，被雜亂的鬍鬚及長髮覆蓋。

『這個人是「機智王」智囊團的首領——寺田先生。』
寺田沒多說話，只是伸出右手。
我愣了一下，才發覺他是要跟我們握手。
『小寺，他們是我女兒的同班同學，也是今天「機智王」的參賽者。』
堀越導播跟他介紹我們。
『小寺的工作是負責「機智王」的出題。如果可以從他身上得到解答，你就會成為冠軍。』
『這一點都不好笑。』小寺說完，用餐巾紙擦嘴。『我先告辭了。還有工作等著我。』
然後寺田就離開休息室。
我們坐在他離開的位置上，各自點了飲料。（創也點了紅茶，我依堀越導播的推薦點了咖啡。）
『我……不太喜歡那個人……』美晴望著寺田離去的方向說。
『美晴，在不了解別人的狀況下，別輕易給人貼標籤。』
堀越導播嘴上是這樣說，但一點都聽不出來是在斥責美晴。
『有個謠言對他相當不利……』
堀越導播聲音霎時低沉下來，似乎想製造嚴肅的氣氛，那神態就像是小朋友間在交換祕密一樣。

『幾個禮拜前，某雜誌踢爆他疑似洩露答案給「機智王」的冠軍。』

這我還是第一次聽說……

創也則是好像知道這件事的樣子。對喔！創也有收集舊報紙跟舊雜誌的癖好。

『剛開始沒有人相信，可是隨著冠軍一直獲勝，大家也不免起了疑心……』

堀越導播邊攪動咖啡、邊放奶球。

『寺田知道正確解答嗎？』

針對創也的疑問，堀越導播開始解釋。『「機智王」的智囊團由七到八人組成，每個人負責想四到五題問題。而從這些題目中有權挑選十題來用的就是首領——小寺。』

『所以只有寺田才知道全部問題的答案？』我問。

堀越導播壓低聲音說：『還有另一個人知道。』

『誰？』我也跟著壓低聲音。

『那就是——在下我。』

堀越導播開懷地笑了起來。

我感覺被耍了。

『這件事關係到電視台的名譽，只能在檯面下祕密調查。』

聽到這番話，我心裡不禁描繪起堀越導播裝扮成間諜的模樣。

這時，有個年輕男子過來附在堀越導播耳邊說話。黑外套加上黑色太陽眼鏡，在某個程度上，十分惹人注目。

『目前還未跟任何人接觸，也沒有打手機。接下來由B和C來監視。』

『辛苦你了。』

『冠軍選手由Z監看著。』

『千萬別鬆懈。』

年輕男子點點頭後離開休息室。

『剛剛是我的部下A。』

堀越導播跟我們解釋。

『我派人監視著小寺和冠軍選手，目前還沒有他們交換答案的證據。』

根據堀越導播的說明，十道題目在錄影當天早上要決定。

所以今天早上智囊團成員已紛紛將題目交到寺田手上。

再由寺田從中選出十題。

此時堀越導播必須在場。

換言之，除了導播和寺田之外，沒有人知道正確解答。

接著，寺田和冠軍選手都被堀越導播的下屬監視著。

『因為小寺很忙，像剛剛那樣休息喝個咖啡，實屬罕見。之後又有許多繁雜的工作等著他，我想他沒有時間跟冠軍選手交談。』

我想起剛剛握手的事情。

『很忙倒是真的，握手時我注意到他手上沾有麥克筆的痕跡。』

『你還真是細心啊！』創也對著我說。語氣聽來不像佩服，反而帶著深深的嘲諷。

『今天是第十週——關係著能不能拿到總冠軍。假如，小寺要告訴冠軍選手答案的話，他們一定會有所聯繫。』堀越導播手拿咖啡杯說道。

『總冠軍有那麼好嗎？』我問。他立刻扳指算給我聽。

『首先，會有獎金。連勝十週獎金總計一千萬，總冠軍再追加一千萬。』

合計是兩千萬……金額太大，實在很難想像有多少。

『每天吃五個一百元漢堡，可以連續吃一百年以上。』

創也舉的例子讓我更能理解。

『還有夏威夷旅行。』堀越導播繼續算著。『其他還有經紀公司會找上門。目前，已有三家經紀公司注意到冠軍選手——我毛豪太郎。』

將來就不愁失業了。

一百年份的漢堡加工作（還有夏威夷旅遊）——光是這三樣，總冠軍的位子確實誘人。

不過……

我突然想到一件事，馬上低聲問美晴：『妳爸是「機智王」的導播，萬一調查結果，謠言屬實的話，那收視率豈不是會下滑？』

『你說的沒錯。雖然我爸說得冠冕堂皇：「絕不可原諒作弊行為。」實際上他是抱著看好戲的心情……』美晴嘆了一口氣道。

嗯，我了解。看得出來堀越導播本身喜歡有趣的事物。

『正式錄影前，小寺若沒有和冠軍選手交談、或打電話，這件事就到此為止。』

『不，還有其他可能性。』創也說。

『你剛說你也知道解答，那麼你也有可能洩漏答案給冠軍選手。』

創也說完，堀越導播淺淺一笑。『創也，你頗有名偵探的架式。任何一種可能都不能被放過，所以我也不例外。對面景觀盆栽那兒有個男人，你看到沒？』

我們順著堀越導播手指的方向看去。

盆栽後方陰影處躲著一個男人，同樣穿黑外套、戴黑色太陽眼鏡。本人雖想掩人耳目，卻欲蓋彌彰。

『他是負責監視我的人——D。』

然後又自顧自地笑起來。

我跟創也都有被耍的感覺。

果然這個人是樂在其中……

此時，休息室的電視插播一則新聞。

『現在為您播報最新消息。』

穿著紅色套裝的女主播，拿著手邊的稿子唸起來。
『今早，強行闖入日本電視台的一名男子，跟保全人員搏鬥之後，現仍潛伏在日本電視台。此男性年齡約二十五歲上下，身高一八〇到一九〇公分之間，穿著黑色西裝。如有最新情報，我們將迅速為您插播。』
畫面又回到原來的連續劇。
『事情越來越大條了……』我小聲地跟創也說。
『沒問題啦！那些保全中，沒有人能抓住卓也。』創也平靜的說。
『越來越精采囉！正因為如此，電視台才會有趣。』
堀越導播看來很開心。這個人到底有沒有自覺是在日本電視台上班……
『我們該走了。』
堀越導播起身準備離開。
我趕緊一口氣喝完咖啡。
塞了幾張桌上的紙巾放在口袋。
『只要是免費的東西，不管什麼都要拿——你的信念真令我敬佩不已。』
創也又冷冷地看著我。
這的確不值得拿來說嘴，但已經成習慣也沒辦法。
不過這習慣倒救過我不少次。

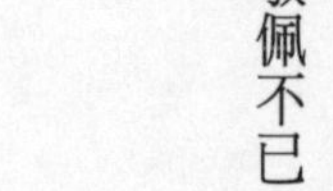

堀越導播也看著我。

『我忘了問你，咖啡的味道如何？』

……我沒有回答。

再怎麼難喝，當著面我也說不出：『超難喝！』

正當我們要離開之際，我們遇到了冠軍選手——我毛豪太郎。

同樣都是國二，他長得較高。過長的劉海，輕輕地覆在前額。

『豪太郎，今天狀況如何？』堀越導播揚手跟他打招呼。

『普通啦！』豪太郎用手撥一下劉海。

我跟創也無言地站在一旁。我還沒看過這麼愛耍帥的男生。

『哈囉，美晴。』豪太郎見到美晴立即送上笑臉。

美晴迅速躲在她爸爸的身後。

『美晴妳還是沒變，那麼容易害羞。』

我毛豪太郎瞇著眼睛，雙手舉起與肩同高。

只有他覺得美晴在害羞。（有眼睛的人都看得出來，美晴討厭他。）

『害羞的美晴，別忘了今天的約定喔！』我毛豪太郎帶著曖昧的口吻對美晴說。

我湊上前問美晴：『你們有什麼約定？』

『好幾個禮拜前，我來電視台玩遇到他，他說當他成為總冠軍時，要我跟他交往……』

美晴的頭越垂越低。

原來如此……

這麼說來，今天我毛豪太郎一旦成為總冠軍，不只獎金和工作（還有夏威夷旅遊），連美晴都是他的……

呼呼呼……太過分了。

我惡狠狠地瞪了我毛豪太郎一眼，但是他毫無任何反應，因為他根本無視我的存在，專心跟美晴說話。

『豪太郎，我來跟你介紹一下，這位是龍王創也，他也是今天的參賽者。』

堀越導播將創也帶到我毛豪太郎面前。

『你好。』我毛豪太郎看都沒看創也一眼，只伸出右手。

創也用力擰住我毛豪太郎的耳朵。

『痛痛痛～～』

創也跟還搗著耳朵的我毛豪太郎說：『與別人握手時，請記得注視對方，這是最基本的禮貌。』

我毛豪太郎瞪著創也，但對於我毛豪太郎的眼神，創也毫不放在心上。

調整呼吸後，我毛豪太郎說：『你知不知道我是誰？』

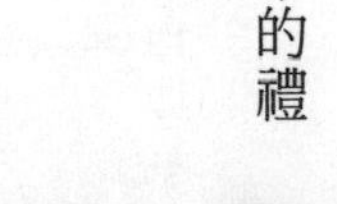

『我只知道你叫作我毛豪太郎，而且是個不懂禮貌的傢伙，如此而已。』

我毛豪太郎面無表情地聽著創也對他的諷刺，不過他心裡應該極度憤怒吧……

『今晚的「機智王」我們走著瞧！』我毛豪太郎吐出這句話後，旋即在我們剛離開的位子上坐下來。

『正式錄影前就先過招！我真恨不得現在開始錄影！』

堀越導播情緒依舊高昂。

然後我們離開休息室。

出門口時，又有另一個戴黑眼鏡的男人，附在堀越導播耳邊說話。

『冠軍選手跟寺田毫無聯絡。』

『辛苦了！』

堀越導播拍拍他的肩膀，轉身對我們解釋。

『這是負責跟監冠軍選手的Z。』

……當堀越導播的下屬還真辛苦。

『我本來一點都不在意輸贏。』創也喃喃自語。『看到那傢伙之後，燃起我的鬥志，我非打敗他不可。』

美晴帶著崇拜的眼神看著創也。

此刻我的心情複雜極了。

創也要打敗我毛，我可是舉雙手贊成。

可是，看到美晴那樣看著創也，我就開心不起來。

矛盾的是，我又不希望創也輸。

嗯……

我該怎麼辦才好？

在堀越導播的帶領下，我們一行人來到C攝影棚。

攝影棚前寫著這個時段正在錄午間的綜藝節目。

這節目暑假跟寒假時我常看，但我沒想過有一天我竟然會來到現場。

入口處有保全守護，他看了我們一下，就放我們進去。

『手機記得要關機。』堀越導播小聲地叮嚀，創也連忙把手機關機。（因為我沒有手機，所以沒差。）

通過兩道門後，我們進到攝影棚，這裡大概跟小型禮堂差不多大。

在燈光照射下，我記起這個布景。各式各樣的電纜和電線，彎彎曲曲地躺在地板上。

『小心不要踩到。』堀越導播說。

我們環視過整個布景後，視線停留在牆角。

攝影棚的一角，堆了滿坑滿谷的飯糰，這些將在節目的料理時間派上用場。

因為看起來很可口，以致我竟無法移開視線。有個穿圍裙的姊姊看到後，拿了兩個飯糰給我。

在我們身後有位燈光師，負責打燈光及確認電線是否接好。

這時一個身型嬌小、別著耳麥的姊姊說：『請我們今天的觀眾朋友出場。』

只見一群盛裝的歐巴桑們，魚貫進入攝影棚，坐在舞台後方的觀眾席。這些人在錄影時要負責帶動節目氣氛，有時拍手、有時笑，有時配合節目發出『耶～～』的聲音。

戴眼鏡的現場指導，專門給歐巴桑們指示。例如：『請用力拍手』、『再活潑一點』等等。

『接下來請來賓出場。』戴著耳麥的姊姊說。

多不可思議的一幕啊！一直以來，都是透過電視看到的藝人們，如今在我眼前出現……

『還有一分鐘正式錄影。』

這句話大概是暗號吧！一說完整個攝影棚的氣氛就不同了，就像是繃緊的弦一樣。

我們也跟著緊張起來。

總共有四台攝影機，其中一台還是凌空拍攝。

『正式錄影五、四……』

數到三時，現場指導一語不發比了個手勢。

歐巴桑觀眾群中立刻爆出熱烈的掌聲。

正式開始錄影了。

節目進行到一半，插播最新消息。

手拿新聞原稿、身穿套裝的姊姊，隨即出現在鏡頭前。

『以下是有關入侵者的追蹤報導。』

畫面上出現卓也及保全們的身影。

從卓也破掉的西裝看來，他顯然經過激烈的打鬥。

保全們大部分手持警棍，也有人拿雙截棍或旋棍。

拿雙截棍的保全朝卓也猛撲上去。

卓也輕巧地躲過攻擊，並把對方手上的雙截棍奪來。

握有雙截棍的卓也，他的防禦可說是滴水不漏，嚇得保全們紛紛後退。

『啊！竟然讓卓也奪得武器……』創也驚呼。『如此一來，保全人員更不可能抓到卓也。還是趕緊聯絡醫院備好空床，請救護車在門口等待。』

果然如同創也所說，卓也靠著靈活的身手，一一打敗保全。

感覺好像在看功夫電影的預告片。

『如有最新進展，我們將迅速為您插播。』姊姊說。

趁著廣告時間，我們走出攝影棚。

『節目一結束，布景迅速被拆掉，換上下一個節目的布景。』堀越導播說。

『一定要拆嗎？』我很驚訝。反正明天還會再錄，直接擺在原處不是很好？……

『那也是沒辦法的事。布景要如何有效率地在短時間內組合、拆掉，由此可看出導播的功力。』邊看走廊上的行程表，堀越導播說。

『接下來是連續劇的拍攝。拍完後，就開始搭「機智王」的布景。錄影前會跟參賽者開說明會，所以請務必在下午六點前回到這裡。現在你們可以隨意參觀。電視台要進來不容易，可是一日進來就能讓你自由參觀。不過……』堀越導播再度壓低聲音。『明白標示「禁止進入」的地方，或者是亮紅燈的房間，絕對不能進去。』

我們聽話地點頭。

『有什麼事的話，報上我的名字就沒問題。』

真的報上他的名字就沒問題（有點擔心）……？但我們還是恭敬地向他道謝。

『走吧！內人。』創也說。

一旁的美晴也一副想跟的模樣。

我才正想對她說：『一起來！』創也就搶先我一步。

『堀越，電視台妳大概逛爛了，一起來的話，妳會很無聊。』創也冷淡地說。我只能在心裡咒罵他。

說完，創也邁開大步往前走，我連忙追上。

我正想要唸他幾句時——

『今天我們來的目的，你忘了嗎？』

反而被他先聲奪人。

『當然記得。要錄「機智王」啊！』

聽到這兒，創也無奈地搖頭。

『是為了找尋栗井榮太的線索。』

啊！對啦……

『可是讓美晴跟來也沒有關係吧？』

『你忘了下水道發生的事情？』創也邊走邊說。『當時，栗井榮太設局破壞他的電腦。還好我們都沒受傷，但確實是很危險。更何況找尋栗井榮太這件事，危險性很高——你忍心讓堀越受傷害？』

……我必須對創也另眼相看。

這傢伙看起來冷淡，實際上卻很體貼。

等一下，好像有點不對。

『你剛說找栗井榮太的危險性很高？』

關於我的疑問，創也不假思索地點頭。

『這麼危險的事你還拖我下水是什麼意思？』

『因為，無論多麼危險的狀況，你都能輕鬆克服，不是嗎？』

『……』

『放心好了。幸運之神一直都眷顧著你。』

此時創也的表情就跟惡魔沒有兩樣。

我推翻之前的想法。

這傢伙看起來冷淡，實際上就是個冷淡的人。

『我好期待！』

創也拍拍我的肩膀。

不知為何，『孽緣』這兩個字又再次浮現在我的腦海。

第四章　節目銷售與宣傳

走了好久才終於找到G攝影棚。

『總算到了……』

我疲軟地坐在攝影棚門口。

有好幾次我忍不住想：會不會遇到意外？

如果是在山上，我有把握一定不會迷路。可是，電視台裡到處是一樣的大樓，搞得我方向感喪失殆盡。

看了一下走廊上貼的攝影棚使用表，這兩個小時是錄推理劇。

我們裝作若無其事，走進攝影棚。

『電視台要進來不容易，可是一旦進來就能讓你自由參觀。』

——莫名我想起堀越導播的這番話。

其實，只要你堂堂正正走進去，一點都不會有人懷疑你。

此時攝影棚是布置成廚房的模樣。

一個高個子的男人正在跟他身邊的一群人交談。（奇怪，怎麼會有隻狗混在裡面？）

『犯人到底是如何從上鎖的冰箱，偷走冰淇淋的呢？』

高個子的男人看看旁邊的人。

『不可能。』

『除非使用法術，否則辦不到。』

周圍的人開始議論紛紛。

但是，高個子的男人顯得異常冷靜（他似乎正扮演偵探的角色）。

『你們這群人全部都有想吃冰淇淋的念頭，所以根據我的推理，犯人就是你們其中之一。』

高個子的男人伸出他的食指。

周圍的人害怕被他的手指指到，紛紛到處躲避。

『請問你，犯人是如何從上鎖的冰箱中拿出冰淇淋？』其中一個男人問。

『這個很簡單。首先先放入冰淇淋空盒……』

……我忍不住打了個大呵欠。

整個故事情節我根本不懂。就現在看到的範圍，我只覺得是一齣無聊至極的連續劇。等一下去確認劇名，我可不想浪費時間看這種東西。

劇情持續進行。

『犯人就是你！』偵探指著其中一名老人說。

被指的那名老人瘋狂搖頭。『我不是犯人！』

『每一個犯人都會說自己不是犯人。』偵探冷酷地說。

我真的看不出來這哪裡像推理劇？

我跟創也百般無聊地看看四周。

布景後面有個中年女子坐在導演椅上，化妝師正在幫她做造型。

『為什麼我非要演這種無聊的連續劇不可？』帶著鼻音、懶洋洋的口氣，這個女人是名演員——櫻井花梨。

櫻井小姐的經紀人站在她面前，低頭溫和地說：『不要這樣說嘛！花梨小姐。節目贊助商是花梨小姐的頭號粉絲，他說一定要請妳來演。有夠囉嗦的。』

『這跟我又有什麼關係？』說著說著，櫻井小姐燃起一根香菸。

我小聲地跟創也說：『是名演員櫻井花梨耶！』

創也興致缺缺地朝櫻井小姐的方向看去。

『去跟她要簽名吧！』說完，我就感受到創也輕蔑的眼神（反正我就是這麼俗不可耐）。

我拉著創也走向櫻井小姐。

雖然很緊張，不過總算對她說出：『我是妳的粉絲。』

櫻井小姐開心地笑起來。

『耶？真的嗎？才國中生，好年輕喔！』

櫻井小姐在我的筆記本上簽下她的大名。（在知道要來電視台之後，我立刻準備好筆記本和麥克筆，因為搞不好會遇見名人，以備不時之需。）

『什麼地方要用到這個東西？』創也看著旁邊桌子上放的瓶子問。

剛開始我以為是化妝品的瓶子。

不過仔細一看，瓶身貼著寫『$CHCl_3$』的標籤。應該是藥物吧……？

『你知道這藥是用來做什麼的？』櫻井小姐看著創也。

創也點點頭。

『現在國中生還真聰明！哪像我，小時候只知道玩。』

我戳了一下創也的腰。

『這什麼？』

『$CHCl_3$——三氯甲烷。』

『三氯甲烷——就是電視劇常出現的麻醉藥？』

『嗯。將手帕浸泡過三氯甲烷，用來綁架迷昏別人等等，你應該見過。』

我馬上幻想出那個畫面。

一個夜歸女子走在無人小巷時，身後突然出現黑衣男子，並且逐步靠近。黑衣男子從口袋裡掏出手帕，迅速覆蓋住女子的口鼻。一瞬間女子立刻陷入昏迷——是這樣沒錯吧？

『什麼嘛！你不覺得很普通？』櫻井小姐說。

『不過這齣連續劇的導演就愛好此道。我就是那個被三氯甲烷迷昏的人，為求逼真，導演下令使用真正的三氯甲烷。真是累人！』兩手一攤，櫻井小姐呈無奈狀。

『大概想說如果真用三氯甲烷，就不會被觀眾認為作假。三氯甲烷可不是那麼容易買到的。』

『妳說錯囉！』創也說。『詳情我是不能透露。只要到藥局說：「我要買○○和○○還有三氯甲烷。我要調配○○藥。」藥局就會賣給妳。』

『那個○○，是什麼藥品名稱？』櫻井小姐問。

只見創也神情嚴肅說：『我不能告訴妳。這也能自行調配。把○○混合○○或○○就行了。不過要做得好不太容易，一不小心還可能爆炸。』

櫻井小姐又再次發問：『那個○○又是什麼？』

『祕密。』創也很乾脆地回答。

突然創也轉頭問我：『你知道三氯甲烷的沸點是幾度嗎？』

我怎麼可能會知道（更何況我連『沸點』是啥也不懂）？

『三氯甲烷的沸點是六十一度左右，保存方面就很不容易。』

『現代的小孩，真恐怖哩！』

櫻井小姐吐了一口煙。

『像你這樣的小孩，真叫我們大人汗顏，我乾脆退休算了。』

聽完她的話，創也不禁微微笑。

『沒那回事。我從小就是妳的粉絲，幼稚園時看過妳主演的「風子的風景」，至今仍記憶猶新。』

然後從口袋掏出筆記本。

『可以的話，能幫我簽名嗎？』

連續劇依然還在錄。

這次換高個子偵探被質疑。

『你真的不是犯人嗎？事件發生後，你恰巧出現在現場，彷彿早就知道有這件事發生……你說，這是怎麼回事？』

『這、不是有句話說：「事件發生的地方就有名偵探出現」……』

高個子偵探企圖為自己辯解，汗不停由雙頰流下。

但是，眾人哪肯善罷甘休，繼續追問。

『事件是不是你引起的？』

『我不是犯人！』高個子偵探搖晃著腦袋。

『這句話每個犯人都會說。』

——我在心裡暗暗發誓，絕對不看這齣連續劇。

我無聊地看看四周，攝影棚角落放置的道具背後，好像有人影晃動。

什麼感覺我說不上來，不過一股討人厭的氣氛，讓我想起我毛豪太郎。

『創也，你看我毛豪太郎是不是在那裡？』

被我一問，創也朝那附近左右張望。

可是沒看到人。

好奇怪……可能是看錯吧！

『櫻井小姐，請妳準備。』口袋塞著腳本的助理導播對櫻井小姐說。

看來不能繼續打擾下去，我們準備離開這裡。

『慢慢參觀沒關係，反正今天要熬夜錄影。啊～這樣的生活繼續下去，我的皮膚會越來越差。』

櫻井小姐從導演椅上起身。

如果繼續待在G攝影棚，也不會有栗井榮太的線索。

『謝謝妳，可是我們還有其他事——請妳繼續加油。』說完，創也禮貌性地伸出右手。

櫻井小姐緊緊地握住了創也的手。

『我怎麼不知道妳也是櫻井花梨的粉絲？』沒有握到手的我，帶著嫉妒的口吻質問創也。

『你也去跟她握手不就好了？』

創也走出攝影棚。

『你要去哪裡？』我問。

創也頭也不回地回答：『G攝影棚看來沒有我要的線索，我想到倉庫去。』

『去倉庫會有什麼線索嗎？』

『這個嘛……』

『反正就是先去再說……』

『可以這麼說。不過……』

創也眼神變得銳利。

『我一直相信，我跟栗井榮太一定會有所聯繫。照這樣追查下去，我必定會查到線索……』

就創也而言，會說出這樣的話，實在少見。

創也總是冷靜又講求理論，怎麼會相信直覺？……

但是我相信創也所說的。

我認為這世界上有天才的存在。栗井榮太是這樣，龍王創也也是這樣，所以創也才會感覺到他跟栗井榮太之間的聯繫。

我想，冥冥之中，這兩個人一定會相遇。

『好，就去倉庫。』

莫名興奮起來的我，推著創也的肩膀。

我們的目標——倉庫。
大概的位置——絕對在一樓。
不過，很遺憾的是，我們不知道自己身在何處——這裡是哪裡？
本館？分館？西館？南館？新館？——真是夠了！
走廊跟樓梯到處都用顏色來劃分，應該是為了防止迷路，但對於我們這種不懂顏色含意的人來說，一點用都沒有。
『創也，等等。休息！』我看到走廊角落有一台自動販賣機，大聲叫住創也。『稍微休息一下！』
創也仍用冷淡的眼神，看著虛弱的我。
我無視他的眼神，自顧自的投幣進販賣機。
我看創也一點也沒有投幣的意思，他似乎不太想休息。
一個人喝也覺得怪，無可奈何之下，我買了兩罐。
將另一罐飲料丟向創也。
『人啊，該休息時就應該好好休息。』說完，我拉開可樂拉環。
創也也跟著將拉環拉開。
『噗』一聲，創也的可樂噴出來。大概是剛剛丟給他時，搖晃到的關係。

『啊……』
創也連忙拿出手帕。
『搞什麼？』
我也趕緊掏出剛剛在休息室拿的餐巾紙。
『沒關係，用手帕擦就行了。』
創也用他的名牌手帕，擦拭身上的可樂。
正當我預備將餐巾紙收進口袋時，我注意到一件事。
『耶？』
仔細一看，餐巾紙的其中一張有寫字。
什麼東西……？
『創也，你看一下！』
我把餐巾紙拿給創也看。
『這什麼？』
餐巾紙上用片假名寫著，
ミエヨアミエミミエミ
『會不會是暗號？……』
創也帶著認真的神情，研究起餐巾紙。

『會不會是惡作劇亂寫？』我說。創也依然目不轉睛地盯著餐巾紙。

『內人，這張餐巾紙是你在休息室拿的吧？』

是啊！是我從桌上的餐巾紙盒拿的其中一張。

『其他的餐巾紙？』

我立刻拿出口袋其他的餐巾紙。

可是，其他張並沒有寫字。

『這不是惡作劇。』創也低聲咕噥。『如果是惡作劇亂寫的話，就不會放回餐巾紙盒，而是將它揉成一團，直接丟在桌上。』

創也說得很有道理。

事實上，智囊團領袖——寺田先生，就是把擦過嘴的餐巾紙揉成一團丟在桌上。

『如果不是惡作劇，那會是什麼？暗號？』

是暗號的話，就有趣啦！

因為，我最喜歡解暗號跟猜謎。

我奪回創也手上的餐巾紙。

嗯，ミエヨアミエミミエミ……

我靜默思考數分鐘。

『想到什麼了沒？』創也喝著我請的可樂，一邊問。

……沒有。如果我能把暗號化為句子就好了。

『前面五個字翻譯過來變成「看吶！網子」。』我說。創也則在一旁靜靜聽。

『再來兩個字是「笑容」……。不過最後的「ミエミ」可難倒我了……假如它是「ミエヨ」的話，就能翻成「看吶」……』

我拿起麥克筆在最後一個字『ミ』旁邊加一豎。如此一來，『ミ』就變成『ヨ』了。

ミ↓ヨ

太好了，太好了。

『你這樣隨便在暗號上亂加筆畫，不是犯了解讀暗號的大忌嗎？』創也囉哩吧嗦地講了一堆。『而且，「看吶！網子。看吶！笑容」這句話又有什麼含意呢？』

『……我請的可樂好不好喝？』

『耶？——好喝啊！』

『那就好。』

我拍拍創也的肩膀，轉移話題。

我仔細摺好餐巾紙並放入口袋。

朝倉庫的方向前進。

繞了一大圈之後，我們終於找到倉庫。

『應該一開始要深思熟慮過，再行動才對。』創也冷靜地說。顯然他沒有記取上一次在下水道的教訓。

『倉庫跟攝影棚之間的距離不會太遠。太遠的話，布景的搬運會非常辛苦——一開始注意到這一點的話，我們就不需要繞一大圈。』

沒錯！

從G攝影棚出來向左走，右邊走廊上第二個轉角向左轉，走到底就是倉庫。

倉庫裡放置許多節目的布景。因為有很多貴重物品，我以為倉庫門會上鎖，但實際上不然。

倉庫門竟然是打開的，而且也沒有任何保全人員。

於是我們大刺刺地走進去。

倉庫裡很暗。

『要不要開燈？』

我的提議徹底被否決。

『不行，我們現在要調查倉庫有沒有線索。一旦開燈的話，很容易被別人發現。』

可是，越往裡面走就越暗。

『如果沒開燈會太黑，看不到東西……內人，你有沒有帶手電筒之類的東西……』創也說。

我從創也口袋中拿出手機，並且開機。

把手機打開，螢幕就會有幾秒鐘是亮的。

『雖然沒有很亮，不過總比沒有好。』創也有感而發地說。

『你比小叮噹還要厲害。』

『既然這樣，下次換你請我吃銅鑼燒好嗎？大雄。』

我拿著手機往倉庫深處前進。

『我們動作要快。沒多久「機智王」的工作人員就要來搬布景了。』

本來以為會滿是灰塵，結果正好相反，倉庫整理得很乾淨。

在手機的照明之下，我們搜索整個倉庫。

我在倉庫的一隅發現『機智王』的布景。

放在最前面的是雅典娜的貓頭鷹。那比在電視上看起來還要巨大，約高兩公尺左右。被分成兩半，以利搬運。

在貓頭鷹右手邊放著裝貓頭鷹的水晶箱。這個箱子同樣很大，每一邊都有三公尺寬，像個大水槽。

左邊是參賽者及冠軍選手所使用的箱型座位。

『創也，你那邊有沒有什麼發現？』

我的背後發出聲音，可是創也沒有回應我。

『創也？……』

還是沒有回答。

然後我聽到『咚』的一聲。

正當我想要回頭時，嘴巴和鼻子卻被濕潤的手帕摀住。

還有一陣甜甜的香味。

『三氯甲烷是什麼味道？』

即使我想問創也，也說不出任何話。

我的眼前一片漆黑。

然後……

『好慢……』堀越導播看著手錶說。『美晴，你的朋友有戴手錶吧？』

轉頭詢問身旁的美晴，美晴點點頭。

『大概迷路了。第一次來電視台的人，大多會迷路。』

堀越導播和美晴身邊，許多工作人員正忙進忙出地裝置布景。

『大概是認為贏不了我，中途落跑。』撥著劉海，已經連勝九週的冠軍選手——我毛豪太郎說。

今晚的參賽者全都集合在一起準備開會。

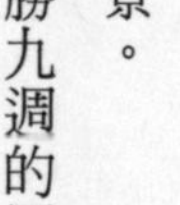

『真可惜。本來我還期待能在今天的「機智王」打敗他呢！』我毛豪太郎得意地說，引來美晴一陣白眼。

助理導播走了過來，在堀越導播耳邊說話。

再不準備開會，錄影會來不及。

『沒辦法。龍王創也退賽。』

聽到這句話，我毛豪太郎開心地看著美晴。

『等一下！』美晴想都沒想便大聲地說。『我代替龍王創也上場。』

第五章　行程的排定與製作

啊……頭好痛……

我試著想用手撐頭，手卻被東西卡住，很難活動。

耶……？

左右都沒有燈光，黑暗中什麼都看不見，身體也不好活動。

在可以的範圍內，我嘗試移動雙手。

左手邊碰到的是，像保麗龍一樣的硬物。右手邊則是軟軟的東西。

這是什麼？

我用右手不停敲擊那團軟軟的東西。

『痛、會痛！』右邊傳來創也熟悉的聲音。

『不需要到美女的morning call，但起碼溫柔一點叫醒我，這要求應該不過分才對。』

會用這種諷刺語氣說話的，除了創也還會有誰？

沒多久，眼前的狀況我慢慢能理解。

我跟創也似乎被困在保麗龍箱裡。

就像是躺在棺材的埃及木乃伊。

感覺想吐應該是被人用三氯甲烷迷昏的關係。

身體沒被綑綁，嘴巴也沒貼膠帶或塞布團，還能自由交談。

『為什麼沒被綁起來？因為沒這必要。』

創也說得沒錯。

被困在這狹窄的地方，連轉身都很難。

『為什麼沒塞布或貼膠帶？大概這地方即使大聲喊叫，也不會有人來。我們被綁架了。』

原來是這樣……我本來還想大聲求救。

『還有，最好不要太大聲。』

……為什麼？

『我們被困的這個箱子密閉性相當高。照這樣下去，很快氧氣就會耗盡。大聲呼叫、哭喊，只會加速氧氣消耗。不想窒息的話，最好安靜一點。』

是……

『到底是誰對我們下毒手？』

『可以的話，別問我無法回答的問題。』

遵命！

那我就來問你能回答的問題。

『現在幾點？』

創也把他的手錶湊近我眼前。

塗上夜光漆的時針現正指著六點三十分。

『會議開始了……』我說。

『最重要的是，先想辦法脫身。』創也說。

……他說得沒錯，我無法反駁。

『時時刻刻都要記住一點，本節目是現場直播。直到八點錄完前，現場指導會隨時給你們指示，請跟著他的指示來做。』堀越導播坐在椅子上，對著參賽者說。

『會議到此結束，有沒有任何問題？』

沒有人舉手。

『接下來就拜託各位幫忙。』

參賽者紛紛從椅子上站起來。

我毛豪太郎走近美晴說：『今天妳就會是我的了。』

美晴感到背後汗毛倒豎，渾身起雞皮疙瘩。

『今晚我就是總冠軍，勝利的飛吻會第一個送給妳。』

拜託不要！美晴心想。

但是個性溫和的美晴，一句話都沒說，只是默默忍耐。

雖然心裡有股痛毆我毛豪太郎的衝動。

我毛見美晴毫無反應，竟把手搭上美晴的肩。

『妳真的很容易害羞。妳可以再誠實面對自己一點。』

聽到這句話，美晴終於下定決心，誠實面對自己。

那就是，握緊右手拳頭，盡全力往目標（當然是我毛的臉）揮拳。

『筆記本、零錢包、麥克筆、兩條橡皮筋、發票、保鮮膜包著的飯糰兩顆……』

『衛生紙、手帕、眼藥水、筆記本、零錢包……』

我跟創也在黑暗中確認口袋中的物品。

碰到危急情況時，首先是深呼吸並檢查身上的東西——我正實踐奶奶告訴我的教戰守則。

『有關綁架犯的事我歸納出一點。』創也說。

我帶著期待的心情，等待創也接下來要說的話。

『犯人絕不是櫻井花梨的粉絲，是的話就會拿走有她簽名的筆記本。』

……有夠爛的推理。我竟然會期待，跟笨蛋沒兩樣。

我們繼續檢查身上的物品。

『還有手錶……』創也說。我沒戴手錶。

『創也，手機呢？』

『找不到。大概被拿走了。』

『是喔，可惜。如果有手機就可以向外求救。』

『很難。這裡是哪裡我們都不知道，來救我們的人也不知從何救起。』創也說。

我立即反駁，『有手機的話，不就可以根據電波發送的位置找到我們？』

黑暗中，我可以感覺到創也在搖頭。不過他倒是說了一件令人震驚的事。

『我知道我們身在何處。日本電視台裡。』

何以如此肯定？

『我們沒有昏睡很長的時間，最多一小時。這段時間內，要把我們裝進箱子並且帶出電視台外，你不覺得有點難？』

嗯……

站在犯人的立場看來，要把我們裝進箱子就耗費不少力氣了吧？

所以說，我們果然還在日本電視台裡。

『但是，我們在電視台哪裡？』我問。

創也稍微思考後答道：『我想到的是，沒什麼人經過的地方。你看，我們沒有被塞布或貼膠帶，這表示犯人並不擔心我們大聲呼救，因為附近也沒人。』

『……會是倉庫嗎？』

我的想法又被否定。

『不。進出倉庫的人也不少……』

那，會是哪裡……？

儘管我想破頭，還是想不到。

這時，創也說：『還有別的可能。』

……為什麼我的頭腦沒有創也轉得快？

『這個箱子會隔音，或是被別的東西包覆，所以我們的聲音傳不出去。』

原來如此！

在聽不見外面聲音的情況下，即使大聲呼救也只是浪費力氣。

突然，我注意到一件事。

剛剛在確認口袋的物品時，明明放在口袋裡的餐巾紙不翼而飛。

那張寫有暗號的餐巾紙不見了……

『這是智慧的時代……』

啊，節目終於開始。

參賽者座位上的美晴，表情相當不自然。

『……真正的智慧，需要龐大的知識來支持。你要不要也來挑戰看看？』

千篇一律的口白一結束，主持人立即站上舞台中央。

爸爸也因為我的參加而緊張吧……

美晴朝攝影棚二樓看去。

副控室裡，堀越導播帶著耳麥，對現場指導及攝影師下達指令。

觀眾席響起如雷的掌聲。

鏡頭一一帶過參賽者的臉。

這個笑容應該很棒吧……

美晴不由得擔心自己鏡頭前的樣子。

今天美晴特別用心打扮自己。

因為，今天要跟龍王創也在學校以外的場所碰面。

美晴很期待今天的到來。可是，創也卻失蹤了……

鏡頭照向坐在最高一層的冠軍選手——我毛豪太郎。

又轉換到我毛頭上，那只裝在水晶箱裡雅典娜的貓頭鷹。

嗚！嗚！貓頭鷹叫聲響起，掌聲也跟著停住。

兩位主持人面對鏡頭深深一鞠躬。

『雅典娜貓頭鷹開始鳴叫。又到了今天的「機智王」時間。』

『敬請期待今天的「機智王」。』

觀眾席再度爆出掌聲。

其中一位主持人將麥克風移近冠軍選手。

『終於到了邁向總冠軍的一天。』

『我會加油！』撥著劉海的冠軍選手說。鼻孔還塞著染血的衛生紙。

『看來我們的冠軍選手今天火氣很大喔！還流鼻血呢！』

觀眾席上的女孩子們發出『啊』的尖叫聲，邊搖晃寫著『GO！豪太郎』的扇子。

『已經開始錄影了……』我看著創也的手錶說。

『不要那麼介意。來日本電視台的目的是為了找栗井榮太的線索，可不是來錄影。』

也對！創也上不上節目跟我一點關係都沒有。

只是我不想讓美晴失望，她是如此希望創也打敗冠軍。

『有關這次的綁架事件，我要好好想想。』創也說。

『唯一明白的是，這並非一起計畫性的綁架事件。雖然拿到三氯甲烷，但卻沒有時間找繩索。』

大概正如創也所說。

還好我不是一個人，這都要感謝犯人把我跟創也綁在一起。

被關在狹窄陰暗的地方，不要說有密室恐懼症，光是害怕就很難受了。無論任何狀況，有個人作伴，心裡也較踏實。

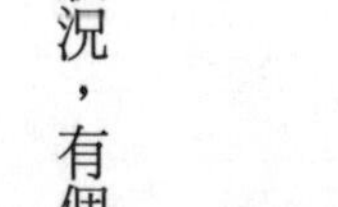

不對，等一下……

黑暗中我冷靜思考。

為什麼我會遇上這種事？難道是跟創也有關？

認真想想，創也是龍王集團的繼承人，他的確是一個最佳擄人勒贖的目標。

卓也也跟創也說，絕不能輕易洩漏名字甚至露臉，一旦被誘拐就糟糕了。

也就是說，創也很容易被當成目標。跟他在一起的我，不免也深陷危險。

嗯，我要認真考慮一下要不要繼續跟創也當朋友。

我將我的想法告訴創也。

『不要說這種冷淡的話，我們現在是生命共同體。』

創也的語氣突然變得溫和。哼！我才不會上當。

『而且你搞錯了。』創也繼續說。

我到底又搞錯什麼？

『我不是這次綁架事件的目標。』

創也不是目標，那難道是……我嗎？

『沒錯，這起綁架事件是因你而起。』

等、等一下！

我只是一個出生在普通上班族家庭的平凡國二生罷了，綁架我什麼好處都沒有。

『不，說得正確一點，目標不是你，而是你手上的東西。』

我手上的東西？

『剛剛不是確認過，你有東西不見了？犯人想要的就是那樣東西。』

不見的東西……餐巾紙！

黑暗中我依舊感覺到創也在點頭。

『為了餐巾紙來綁架我們？真是個大笨蛋！想要餐巾紙的話，休息室不是一堆？對了，創也的手機也不見了啊！犯人是想要你的手機才對。』

我推翻創也的想法，可是……

『要我的手機幹嘛？』

創也冷得跟冰一樣的聲音，讓我的心情稍微平靜。

對喔……要手機不用特地綁架我們，跟別人借就行了。（更何況，電視台走廊上就有綠色的公共電話。）

不過，目標是餐巾紙這點的確令人很難理解。

『沒錯，想要普通的餐巾紙，不需要大費周章綁架我們就拿得到，但你不見的那張不是普通的餐巾紙。』

創也說對了。那張餐巾紙上確實寫了一些像暗號的東西。

『犯人是為了那些暗號吧？』

『應該是。』

原來那些暗號竟如此有價值。

『我們來分工合作。你負責想脫困的方法——要多少時間？』

創也一問，我想起剛剛確認過的東西。

有了那些東西，大約三十分鐘就能脫困。

『OK。那我也有三十分鐘。』

『創也你負責什麼？』

『現在我們身邊有太多不確定的因素，我要從頭到尾好好思考，理出一個頭緒。』

創也說的話依舊難懂。

『包含暗號在內，全部要解開？』我問。

『That's right.』創也答。連在這裡也不忘耍帥。

『我知道了。只要三十分鐘就能解開謎團呢！名偵探福爾摩斯先生。』

『脫困方法就交給你了，華生。』創也說。

黑暗中創也仍對我眨眨眼。

『第三題結束，有兩名參賽者出局。冠軍選手的狀況很順利。』其中一位主持人說。『今天還有一位與冠軍選手同齡的參賽者：美晴小姐——希望她也加油。』

美晴感覺到攝影機正對著自己的臉。
勉強僵硬地笑一下。
『先讓我們進一段廣告。』

在能活動的範圍之內，伸展我的右手右腳。
嗚～好難過……如果能事先做暖身操就好了。
不過總算解開鞋帶了。
因為鞋帶使用年代久遠，前端有些裂開。
接著我拿出一個飯糰。
我把飯糰的飯粒用左手捏碎，等它變成糊狀之後，塗在鞋帶上。
避免塗不均勻，我很小心、很小心……
不久飯粒硬掉後，鞋帶變成一根長三十公分的槍。
我用手指輕彈鞋帶。
乒！發出類似塑膠的聲音。
嗯，這樣就能用了。
我拿著鞋帶槍往眼前的箱子戳。

戳了五公分左右，阻礙消除，拔出鞋帶槍後隱隱透出一絲光線。
我拿起鞋帶槍持續往下戳。
成功了！
照這情形看來，很快就能切開箱子。
『看來再十分鐘我們就能脫困。』我對著沉思中的創也說。
『還剩下一個飯糰，要不要吃？』
『……你呢？』創也終於出聲。
『我沒關係。』
創也又陷入沉思。
『……我們一人一半吃掉它。』
原來創也在想這個。
我盡量公平地把飯糰分成兩半。
創也接過飯糰後說：『你吃三明治時，會用筷子？還是叉子？』
在說啥？
普通人應該都是用手抓三明治來吃的吧？飯糰也是。
到底你要說什麼？
『可是手沾到麥克筆了。是你的話，你會怎麼做？』

『正常來說……會先洗手再吃。』

『這才是正常人的反應。但是，當時寺田先生的手沾到麥克筆，為什麼沒洗？』

『他可能很忙，沒有時間洗手等等……』我說。

但是當時寺田先生正悠哉地喝著咖啡，實在看不出來他很忙……

『還有別種可能。』創也說。『寺田先生吃完三明治後，拿著麥克筆寫字。這就可以說明為什麼握手時，他的手沾有麥克筆。』

對耶……

不過我還是不懂他這麼做的用意何在。

創也立刻說明給我聽。

『你拿的那張寫上暗號的餐巾紙——事實上，暗號確實是寺田先生寫的。』

『既然他是智囊團的一員，也有可能是在寫手稿。』

『就可能性來說，是有可能。不過機率近乎零。』

『為什麼？』

『你寫手稿時，會用麥克筆寫嗎？普通人都會用更細的筆來寫。而且寺田先生還年輕，比起手寫，電腦打還更快，不是嗎？』

……是、是。創也贏了。

雖然邊跟創也說話，但我的手也沒停下來。

裂痕持續擴大。再不了多久，箱子就要一分為二。

『接下來是第五題……』

美晴集中全力在問題上。

到現在為止，只有第一、二題知道答案，第三、四題都是用猜的。

神啊！拜託出點簡單的題目。

電視牆上秀出題目。

俳句詩裡，出現『麥子的秋天』這句話，請問它究竟要表達哪一個季節？

①冬季　②春季　③夏季　④秋季

太好了！老天聽見我的祈求。

美晴毫不猶豫要按下④號鈕。

但是她停下動作。

等一下……會不會太簡單？美晴心想。

節目已經進行一半，該是出現陷阱問題，讓答錯者接受懲罰遊戲的時候了。

美晴看了副控室一眼。她的爸爸——堀越導播露出淺淺的微笑，俯瞰整個攝影棚。

看到那張臉，美晴已經知道。

答案不是④，那到底是什麼……？

美晴陷入沉思。

『還有五秒。』

主持人的聲音無情地響起。其他已經回答的參賽者，正胸有成竹在一旁等著。

美晴不禁恐慌起來。

①、②、③、④——每個都像正確解答。

如果是考試，就可以轉鉛筆決定答案……

可惜，現在美晴身上沒帶鉛筆。

鈴聲準備響起。

啊！我不知道！

美晴閉上眼睛，伸手隨便亂按一個按鈕。

同時，鈴聲響起！

『時間到！』

主持人說。這時美晴才張開雙眼，看自己到底按了哪個按鈕。

三號按鈕啊……

『正確解答是——』

鼓聲咚咚作響。

『正確答案是——③！』

美晴感到快虛脫。

這題猜對，可是還有五題……

想到這裡，美晴忍不住想哭。

答錯第五題的參賽者有一名。

『請接受懲罰遊戲！』主持人幸災樂禍地說。

『那些暗號究竟表示什麼？你認為？』創也問。我仍然忙著戳洞。

『應該是「機智王」的解答。』我答。手卻沒停過。

『我也是這麼想。寺田先生在餐巾紙上寫下解答，又把它放回餐巾紙盒。然後，再由後到的我毛豪太郎拿走餐巾紙，藉此得知正確解答。』

寺田先生跟我毛豪太郎都被堀越導播的屬下監視，所以兩個人才想出這個方法。

『不過我毛豪太郎的運氣不太好，我們比他先一步到休息室。更差的在後面，我們這群人當中竟然有個喜歡拿免費東西的人。』

黑暗中，我仍感到創也的視線。

對啦！對啦！把餐巾紙塞到口袋的人，是我。

『在G攝影棚時，你不是看到很像我毛豪太郎的人？他可能是想拿回餐巾紙，躲起來伺機而動。』

G攝影棚還有一瓶三氯甲烷。

莫非我毛豪太郎是拿到三氯甲烷後，在倉庫把我們迷昏……

下次遇到他，看我不痛扁他才怪！

想到這裡，我不禁往箱子用力戳下去。

『你女兒很厲害喔！』二樓的副控室裡，助理導播對堀越導播說。

『從以前開始，她的第六感就很準……』

堀越導播完全看出美晴從第三題以後就都是用猜的。

『今天冠軍選手的鬥志也很高昂。這樣看來，總冠軍要產生了。』

『嗯……』

根據屬下回報，寺田跟冠軍選手賽前毫無接觸。

可是……

堀越導播還是有些不滿。

沒有洩漏正解給冠軍選手，對節目來說是件光彩的事。光明磊落地打敗其他人，成為總冠軍，這會是多感人的畫面。

可是，堀越導播就是不滿這一點。

如果引起什麼風波的話，不是很有趣嗎？

總之，堀越導播一心期待發生有趣的事。

『咦？』一旁的助理導播揉揉眼睛。

『怎麼了？』堀越導播問。

『沒有……應該是光線折射……我剛剛看到雅典娜的貓頭鷹那裡，有根像針的東西插著……』

『耶？』

聽完助理導播的話，堀越導播也往貓頭鷹看去。

沒什麼異狀。

堀越導播拍拍助理導播的肩膀。『想太多。這陣子你也累了，節目結束後，你好好休息。』

『還有兩個問題。』我說。『第一個，暗號代表著解答，可是我們根本不知道其中的含意。』

『我們？——你說錯了。』

這麼有自信，表示創也已經解出暗號？

『當然。那麼簡單。』

囂張成這副德行，我實在開不了口要創也告訴我暗號的意義（我解不出來）。

我又問創也第二個問題。『另一個問題是，我毛豪太郎一個人何以能夠綁架我們兩個？我知道他使用三氯甲烷迷昏我們，但他如何把我們藏到不被人注意的場所？一個人不太可能吧！』

『這個問題也很簡單。』

我絕對不開口請創也解釋給我聽。

什麼話都不想說，我繼續戳洞。

放心，只要我保持沉默，創也會自己跟我解釋。

果然過不了多久，創也開口。『你認為電視台哪個地方最不引人注目？』

我想了一下後回答。『應該是倉庫吧！』

『我也這麼想。可是，工作人員要搬布景，倉庫比想像中還要多人出入，長時間下來是行不通的。』

這麼說也有理。

其他的地方……

『藝人的休息室呢？』

『那裡也不行。從倉庫到藝人休息室，一個人要搬動兩個昏迷的人，不只辛苦還很容易被發現。』

有道理……

『因此冠軍選手想，不需要把我們綁那麼長的時間，最起碼撐到「機智王」錄完就行

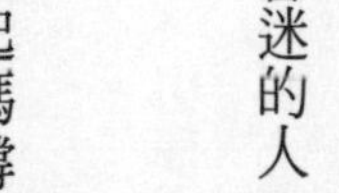

了。』

『為什麼？』

『不管我們知不知道寺田跟冠軍交換答案，反正錄影結束，一切都不要緊了。就算事後我們揭發出來，因為沒有證據，也不會有人相信我們。』

對耶……

『冠軍選手心想，把我們綁太久怕會有生命危險，更何況他不知道三氯甲烷會讓我們昏迷多久。結果，他想到一個最適合的地方。』

不行！任憑我努力想，還是想不到。

『在「機智王」錄完前，都不會有人發覺，錄完後自然就會被發現，此外還不需要自己親自從倉庫搬出來的地方。』

真有如此完美的地方？

我不知道……

『我作夢都想不到，我們能逃出去。』

我拒絕繼續思考下去。

『你很快就會了解。』

創也說。雖然看不到臉，但我知道他臉上一定掛著天使般的微笑。

『正確答案是——④！』

還好。

目前只剩下美晴跟冠軍選手。

不知不覺答到第九題。可是第十題是搶答題，即使答對，先按的人就是勝利的那方。像我這樣，總是拖到時間快結束，不可能贏得了冠軍……

美晴朝我毛豪太郎的方向看去，只見他帶著淺笑，雙手交疊在胸前。

我該怎麼辦才好……

『冠軍選手，我們即將進行第十題。』

其中一位主持人把麥克風湊近我毛豪太郎面前。

『我會加油！』一邊又撥著自己的劉海，而觀眾席上的女粉絲則不停尖叫。當我毛豪太郎撥劉海時，這些女粉絲就會尖叫，彷彿被制約了一般。

『另一方面，第一次參賽的堀越美晴小姐，表現得也相當好。堀越小姐，請問妳有信心打敗冠軍選手嗎？』主持人問。美晴卻答不出來，只投以曖昧的微笑。

『在進入第十題之前，我們先進一段廣告，休息一下再回來。』

『很好！』

大概已經完成一公尺左右的裂痕。

『創也你用你的右手右腳全力向右推，我向左推。』

『收到！』

『準備囉！』

我和創也用盡吃奶的力氣。

啪！

『接下來我們要進行最後的——第十題。』

廣告結束，節目繼續進行。

『果然不是我眼花！』助理導播在副控室大叫。『你看！雅典娜的貓頭鷹！——』

伴隨著響亮地一聲，困住我們的箱子分成兩半。

刺眼的燈光讓我睜不開眼。

『哇哇哇哇哇！』

刺眼的燈光加上用力過頭，我們紛紛翻倒。

碰一聲！撞上旁邊的水晶箱。

水晶箱也跟著解體。

啊！原來是這麼一回事……

等到眼睛適應光線後，眼前的事物才清晰起來。

原來我們被困在雅典娜的貓頭鷹裡。

而現在，我們隨著一分為二的貓頭鷹模型及解體的水晶箱，一同往下掉。

天花板上的燈光。

凌空的鏡頭。

創也在我的身邊。

觀眾席上的女粉絲。兩位主持人。

一臉驚訝的美晴。

奇怪？怎麼沒看見我毛豪太郎？

這個問題迅速得到解答。

咚！碰！我們掉落在攝影棚地板。

雖然有點痛，所幸沒有受傷。

為什麼？——因為我毛豪太郎成為我們的肉墊（雖然他個人有千百個不願意）。

『你們這群渾球，在搞什麼？』我毛豪太郎從貓頭鷹的殘骸中爬出來，看來他也沒有受傷。太好了、太好了！

『冠軍選手你說話這麼粗魯，不行喔！』創也起身，優雅地拍拍身上的灰塵。『跟接下來這

場精采的表演，頗不相襯哩！』

語畢，創也對著鏡頭說：『It's a showtime.』

『堀越導播，怎麼辦？要不要進廣告？』

副控室裡，助理導播顯得很慌張。

狀況發生↓節目暫停↓責任歸屬↓解雇！——這念頭不斷在助理導播腦海中奔騰。

不過，堀越導播可不同了。

『一機、二機，保持原狀給那位少年來個特寫。三機，向下俯照騷動的觀眾。現場指導、主持人不要出聲，聽我指示。——準備好了嗎？別漏過任何一幕。接下來等著好戲上場。』

透過耳麥，堀越導播不停做出指示。

在他的腦中只有如此簡單的想法：發生狀況↓有趣！

『好了嗎？節目繼續進行！』堀越導播對著激動不安的助理導播說。

『如此有趣的狀況如果不播的話，怎麼稱得上是電視人？』

堀越隆文，四十七歲——以提供有趣的節目為職志，徹頭徹尾就是個標準的電視人。

第六章　播出

鏡頭對著創也及觀眾席。

幸好沒有照到我。

我從貓頭鷹的殘骸脫身，偷偷摸摸地走向觀眾席。

坐下後，我不禁伸個大懶腰，該是輕鬆看好戲的時候了。

創也走近美晴身邊說：『途中發生許多意外，所以我遲到了。』說完，把頭低下來。『不過，我總算是趕上最後一題，原諒我好嗎？』

美晴愣愣地點頭。

『我要履行我們的約定，打倒冠軍。』

創也直瞪著我毛豪太郎。原來，創也要用自己的方式，表達對他的憤怒。

『請問……』主持人拿著麥克風走近創也。『你剛剛出場的方式相當特別，可以請教你的姓名嗎？』

『龍王創也。』

鏡頭出現創也的臉部特寫。我毛豪太郎大部分的粉絲，不禁變心喜歡上創也。

『本來我是今天的參賽者，不過卻意外捲入陰謀案，導致我這麼晚才出場。』創也對著麥克

風解釋晚到的原因。

『陰謀？』

『嗯……』

創也伸直手臂指著我毛豪太郎。

『所謂陰謀就是，冠軍在節目開始就得知正確解答。』

攝影師看來頗開心。創也的一言一行在鏡頭下一覽無遺。

『你突然出現，是想要說什麼？』我毛豪太郎吃驚地攤開雙手。

『你為了要拿到寫上正確解答的餐巾紙，一直在跟蹤我們。』創也說。

創也的音量大小恰巧能清楚傳達到在座每個人的耳裡。一邊走一邊說，同時也不忘看鏡頭。

『如何拿到手？正拿不定主意的你，剛好在G攝影棚發現了好東西。』

稍微喘口氣，看著我毛豪太郎。

『是三氯甲烷。』

『……』

『你在倉庫以三氯甲烷迷昏我們。』

『你有什麼證據證明是我做的？』我毛豪太郎反問。

『能立刻反應到$CHCl^3$就是三氯甲烷的人不多見。如果有，也是像你這般博學多聞的人。』

『光憑這點也不能構成證據。這類的化學式，連續劇的工作人員也知道。』

『沒錯。可是，工作人員忙著拍連續劇，沒有人走出攝影棚。直到現在G攝影棚依然在拍攝連續劇。』

整個局面完全被創也掌控。兩位主持人彷彿忘了還在錄節目，一言不發地看著創也跟我毛豪太郎唇槍舌戰。

『迷昏我們拿到餐巾紙後，你開始煩惱。』創也又開始說話。『放我們在倉庫不管也不行，因為「機智王」的工作人員不久後就要來搬布景。被發現的我們，一旦發覺餐巾紙不見，說不定會聯想到其中的關連。不過憑你一個人的力量，是無法把我們搬離倉庫的。』

我毛豪太郎不動聲色，聽著創也的分析。

『再來，你不清楚三氯甲烷的效力有多久。你也擔心如果我們一直不被人發現，會不會有生命危險？』

『……』

『於是，你想到一個最佳的場所。』

創也手指著貓頭鷹的殘骸。

『就是這裡。』

創也淺笑。

『藏在這裡的話，節目結束前都不會被發現。而當節目一結束，馬上就會被發現，不會構成生命危險。的確是個最佳藏身處所。』

『……』

『不過，你失算了。其中之一是，我們比你想像中還要早醒來。另一個是，我們竟然會在節目進行時提前脫困。』

創也銳利的眼神射向我毛豪太郎。『你還有什麼疑問？』

一直靜靜聽著的我毛，肩膀輕微的震動。

他在笑……他竟然在笑，而且還拍起手來。

『哈！哈！哈！這節目何時變成搞笑節目？要搞笑也該有個限度。』

我毛豪太郎又恢復平靜。

『你所說的一切不過是平空想像，請拿出證據來證明你說得不假。』

我毛豪太郎開始反擊。

『證據……』

創也手貼著額頭。

『有件事可以清楚告訴你，我的確不知道你有沒有拿到正確解答。連這種程度的問題都要作弊的人，我才不屑理他。但是我跟她約好一件事！』

創也看著美晴。

像拿手槍一般指向我毛豪太郎的胸口。

『打敗你，不讓你成為總冠軍。』

『辦不到的事情，最好別輕易說出口，省得丟人現眼。』

『不，我注定會打敗你。現在我就證明給你看。』

創也揮手請現場指導過來，要了兩張大字報。

『我先將待會即將發生的事情寫下來。』

創也拿起麥克筆寫。

寫完後，對兩位主持人說：『麻煩請進行最後一題。』

這時，主持人才回過神，想起自己背負著節目進行的使命。

『接著下來，是關鍵的第十題！』其中一位主持人對著鏡頭說。

『最後一題是搶答題。比誰最快答出答案，勝利者就是本週的冠軍。』

鏡頭在創也跟我毛豪太郎間來去。

『請出題！』

電視牆上秀出問題。

動物準備冬眠時，會面向哪個方位挖洞以進行冬眠？

①西方 ②東方 ③北方 ④南方

我毛馬上按下按鈕。

創也卻閉上眼睛動也不動，兩手在胸前交叉。

『龍王創也，想好了嗎？在你不回答，而冠軍選手答對的情況下，就是他獲勝……』主持人說。創也這才睜開雙眼。

『沒問題。未來的事早已決定。』創也答得從容。

聽到創也的話，我毛豪太郎打從鼻孔哼了一聲。

『冠軍選手選擇的答案是④！』主持人說。『正確答案是——』

鼓聲咚咚作響。紅、綠燈交錯閃爍。

攝影棚內所有人皆屏息以待。

『正確答案是——③！』

『什麼？』我毛發出哀號。

『為什麼……為什麼不是④……』

我毛豪太郎激動地扯著主持人的衣領。

『混帳東西！最後一題一定被動過手腳！』

『才沒那回事！』主持人解釋。

『問題根本沒有更動！』創也說。

大家的視線又集中在創也身上。

創也拿出其中一枚大字報朝向鏡頭。

大字報上寫——

冠軍選手會選④，但是這答案是錯的。

『剛才我就說過，未來的事早已決定。下一張——』

創也拿出另一張大字報。

正確答案是③

看到這個主持人大喊：『恭喜你答對了！第十題的正確解答是③！恭喜龍王創也獲勝！』

音樂響起，天花板上撒下紙花。

我毛豪太郎頹喪地跪在地板上。

『你之所以會失敗，在於你放棄自己思考的機會，只是把答案背下來而已。』創也對我毛豪太郎說。

『冬眠時，動物們會在哪個方位挖洞？——朝著溫暖的南方挖洞。我能理解你的想法，不過好好思考後，你會發現這個答案大錯特錯。』

接著，創也看向我。『內人，你一定知道原因，替我說明好嗎？』

我想起小時候奶奶帶我上山的事。

初春，蛇和青蛙從冬眠中甦醒，爬出洞穴。

可是令人驚訝的是，牠們的洞穴都是面向寒冷的北方。

『奶奶，蛇跟青蛙好笨喔！朝南方挖洞不是會比較溫暖？』

我說，奶奶卻給我一個提示。

『內人，蛇和青蛙都比你聰明。你想想看，如果是朝溫暖的南方挖洞冬眠的話，結果會如何？』

我思考著。

春天一到，南方立刻溫暖起來。假如興高采烈的從洞穴爬出來，會發生什麼事？周圍還未完全變暖，能吃的食物也很少，身體也無法好好活動。——這樣下去，一定活不久。

那如果朝北方挖洞的話……

當北方開始暖和時，周圍已完全變暖，完全是春天了！

『我懂了，奶奶。』

奶奶溫柔地摸摸我的頭。

『原來是這樣……』聽完我的說明，我毛豪太郎低頭喃喃自語。

突然，他好像想到什麼似地猛然抬頭。『可是，最後一題的答案寫④，難道寺田先生給我的答案是錯的……』

『不是這樣。』創也又向現場指導要來大字報。『我來說明其中的奧妙。』

創也在大字報上寫下已背得滾瓜爛熟的暗號。

ミエヨアミエミミエミ

『你手中的答案是用暗號寫下的，這暗號並不是太複雜難解，但這些暗號究竟如何表現①到

④等數字呢？』

創也在另一張大字報上寫下①到④等數字。邊寫還邊唱歌呢！

『數字1是什麼？工廠的煙囪（エントツ）。』唱完，在①下面畫上煙囪。

『數字2是什麼？池塘裡的鵝（アヒル）。』在②下面畫上一隻鵝。（如果沒聽歌的話，還會以為是鴨子。）

『數字3是什麼？小嬰兒的耳朵（ミミ）。』③的下面，畫上一隻耳朵。

『數字4是什麼？帆船的船桅（ヨット）。』④的下面，畫了一艘帆船。

『也就是說，煙囪的「エ」代表1。以此類推，鵝的「ア」是2、耳朵的「ミ」是3、帆船的「ヨ」是4。如此一來，暗號就解開了。』

創也在暗號『ミエヨアミエミミエミ』的旁邊，寫下『③①④②③①③③①③』。

ミエヨアミエミミエミ

①④②③①③③①③

『不對，不是這樣……我看到的最後一個暗號不是「ミ」，而是「ヨ」！』我毛大吼。

關於這點，看來我不道歉是無法收場的……畢竟把『ミ』加上一豎變成『ヨ』的人是我。

不過我一旦說出口，說不定會被我毛豪太郎揍（我想我還是閉嘴好了）。

『我毛，你並非知識淺薄之輩，回去好好用功、充實自己，我再跟你對挑。』創也說。

創也說完，鏡頭後面的現場指導，拚命跟主持人比手畫腳。主持人這才會意過來，拿著麥克風說：『本週的節目內容驚奇連連，不曉得您是否看得過癮？請繼續鎖定下週的「機智王」！』

兩位主持人面帶微笑朝鏡頭揮手。片尾曲響起，節目正式結束。

『呼——好累！』

錄影完畢，我和創也步出攝影棚。走廊上涼快的空氣，令人精神為之一振。

『謝謝、創也……內人。』美晴走近我們。

堀越導播也離開副控室走向我們。

『創也、內人，今天真的很高興。收視率也相當好喔！』堀越導播愉快地說。

『不好意思，打亂節目進行。』創也低頭說。

堀越導播則是一臉不介意地揮揮右手。『沒這回事，今天很開心。』

看來堀越導播是真的很開心。仔細想想，今天的騷動中的最大收益者搞不好是他。

跟他相比，我們……

『到頭來，還是沒有I-TA　ERIKU的線索。』我對創也說。

創也聳聳肩。

沒辦法……

這時——『你們在找ERIKU？』堀越導播問。

太過訝異，導致我們說不出任何話。堀越導播知道I-TA　ERIKU？

此刻的心情就彷彿是，已經數天在深山裡找尋喜馬拉雅山雪人，正當體力、食物皆耗盡之際，雪人竟然拿著一罐咖啡出現，跟我們說：『辛苦了！』

『……你知道I-TA　ERIKU？』創也問。

『嗯，半年前有遇到過。』堀越導播繼續說。『半夜有一個女孩子在電視台裡徘徊，我覺得很奇怪就出聲叫住她。』

女孩子？

『金髮碧眼，大概小學六年級。我以為她是外國人，用英文跟她說話，但是她沒反應。我試過俄語、法語、葡萄牙語，通通不行。結果她一臉茫然問我：「大叔，G攝影棚在哪裡？」』

I-TA　ERIKU是個女孩子？

創也瞪大雙眼，直盯著堀越導播不放。我還是第一次看到創也這種表情。（如果有相機的話，我一定要照下來。）

此時……『終於找到你了，創也少爺！』一個來自地獄般的聲音，在我們背後響起。

緩慢回頭一看，只見渾身是傷的卓也。他的語氣雖平靜，眼神卻噴出憤怒的火焰。

『啊，是卓也……好久不見！你沒被保全抓到耶！』創也故作輕鬆地說。

『多虧董事長跟總經理救了我。龍王集團在日本電視台播放了許多支廣告。』

龍王集團的總經理是創也的媽媽，董事長是創也的奶奶。

『詳細狀況我不清楚。創也少爺，你參加錄影了？』

如果可以用溫度表示的話，卓也此刻的語氣絕不會超過零度。

『到家之後，可以請你告訴我詳情嗎？』然後帶著笑容，抓住我們的後頸。

就像是母貓抓小貓一樣，我跟創也被卓也拖著走。

有個男人從後面追上我們。『太好了！你在這裡。』邊用手帕擦汗，邊遞上名片。

我跟創也一同注視著名片。

金本電影製作公司

經紀部經理　島本耕二

電影公司的人……

『我看到今天你跟保全人員的對戰，相當精采。』島本先生說。『希望能邀請你參與電影拍攝。如果由你當主角的話，一定會是一部極賣座的動作電影。』

卓也沉默地盯著手上的名片。

『如何？要不要跟敝公司簽約？』島本先生看著卓也。

稍微思考過後，卓也說：『承蒙您看得起，可是我……』然後低下頭。

『沒關係……』島本先生看來很失望。『如果你改變心意的話，請跟我聯絡。我們會一直等你。』說完，島本先生依依不捨地離開。

『為什麼要拒絕？好可惜。』創也說。

『你去當電影明星，就不用保護我了。』

『早上我在車上說過……』卓也用著認真的口吻說。『我的夢想是當托兒所的保母，每天跟可愛的小孩相處，不是當電影明星。』

說完，笑了一下繼續開口。『況且跟創也少爺在一起，也比按腳本演電影有趣得多。』

『……』創也沒有回答，只是害羞地低著頭。

沒多久，創也生硬地說：『等一下要不要吃拉麵？我請客。』

『我還沒落魄到讓一個未成年的小孩請客。』卓也的語氣雖然冷淡，但眼睛卻充滿笑意。

就這樣，電視台漫長的一天終於結束。

發生不少意外，連本來的目的『找尋栗井榮太的線索』，也毫無成果。

不過，我跟創也並沒有太沮喪。

『總有一天，我們一定會跟栗井榮太碰面的。』

這是創也說過的話。我也始終相信，我們一定會跟栗井榮太碰面。

ENDING

距離電視台綁架事件已經過了十天。

創也一如往常，不是待在城堡弄電腦，就是去垃圾場撿機器回來修，再不然就是坐在沙發上看書。

至於我呢？為了泡出跟創也一樣味道的紅茶，我努力鑽研泡茶的方法。

那天，我走在前往城堡的路上。

卓也的黑色休旅車，停在城堡前面的馬路上——七四年款道奇・摩納哥四四〇。

卓也的出現，代表創也人在城堡。

正當我要走入大樓與大樓間那條狹窄的小巷時……

『耶？』

有個人卡在小巷裡。

是個穿藍色制服的郵差先生。雖然他嘗試橫著穿過小巷，無奈肩膀和胸部，還有他那微凸的小腹，都卡在小巷中不得動彈。

『……你還好嗎？』我問。

郵差先生痛苦地低著頭。『你覺得我這樣會好嗎？』

『我幫你？』

『拜託你了。』

我握住郵差先生的手腕，用力將他拉出來。

就像開香檳一樣，『砰』地一聲，郵差先生得救了。
『呼！多虧了你。』郵差先生的胸口不斷起伏。
因為帽子壓得很低，看不到他的表情。
他身體胖嘟嘟的，也看不出年齡。
總覺得他是個陰沉的人。
『請問，你是龍王創也先生嗎？』郵差先生轉頭對我說。
『我不是。』
『真遺憾。我手上有封信是要給龍王創也先生的……』
難怪他會卡在小巷中。
『可以的話，我幫你送。我剛好要去找創也。』
『太感謝你了。』
郵差先生表現出過度的開心，將一封白色信封交給我。
然後騎上停在路口的腳踏車離開。
『那是什麼？』突然有個聲音在我背後響起，我嚇一跳回頭看。
卓也望著郵差先生離去的背影。
這還是第一次，卓也主動跟我說話。
『你是指郵差先生嗎？』我問。卓也輕輕搖頭。

這麼說，卓也有看到郵差先生卡在小巷中，可是他卻沒有下車幫忙。卓也明明就不是見死不救的人，即使那個郵差給人的印象並不好……

我問卓也為什麼不伸出援手？

『我沒無聊到去幫一個比我還強的人。』卓也回答。

『比你還強？你是指郵差先生比你還強？』

不敢相信。

『內人，你跟他打打看你就了解，那個人的確比我還強。』卓也一臉肯定地說。

我感到有些害怕。郵差先生給我的白色信封，裡面到底是什麼？

『不如你先去找創也少爺。』

不會吧……創也不會發生危險吧……

我趕緊穿過小巷走入城堡。

一口氣爬上四樓。

『創也！』

門打開來一看。

『連門都不敲，發生了什麼要緊的事？』創也說著平靜的語調，一如往常坐在電腦前。

我這才鬆了一口氣。

『可不可以告訴我，為什麼你這麼慌張？』創也轉身看著我。

我把白色信封交給創也，並且告訴他關於怪郵差的事。

『原來如此……』

創也打開信封，裡面有一張卡片。

龍王創也先生

希望能邀請您來到『電玩聖殿』。

一旦時機成熟，我自會派人去接您。

I-TA・ERIKU敬上

『……』

創也對著啞口無言的我說：『栗井榮太終於肯定我的存在。你不覺得事情變得很有趣嗎？』

創也似乎很興奮。

『而且栗井榮太也很有趣，竟然還自己送來邀請函？我對他越來越欣賞了。』

『自己？你是指郵差先生就是栗井榮太本人？』

『很有可能。』

創也將信封交給我。

『你的觀察力只在危機時刻才發揮作用。你再仔細瞧瞧這個信封。』

我照著創也所說，重新觀察信封。

信封上除了『龍王創也先生』外，什麼也沒寫。有什麼好奇怪的呢……？

啊！我知道了！

『只寫上收件人姓名，這點很可疑。』

『沒錯。沒寫地址，也沒貼郵票。你想，郵差先生會受理嗎？』

嗯……沒錯！

『那郵差是什麼樣的人？』

我邊回想邊說。『胖胖的，長得不高也不矮，肚子大到會卡在小巷中。長相，我就沒看到，因為他帽簷壓得很低。年紀沒有很大。還有一點，是卓也說的，那個郵差先生比卓也還強。』

『這個情報很重要。這世界上沒有幾個人會比卓也強。』創也說。

我試著拼湊到目前為止，有關栗井榮太的情報。

在下水道被馬賽克遮住臉的栗井榮太，年紀約在三十五歲到四十歲之間的瘦削男子。

電視台聽說的 I-TA ERIKU，是個講話帶有口音的金髮女孩。

——呼，這兩個栗井榮太根本連不上。

『栗井榮太到底是個什麼樣的人？』

『傳說中像謎一般的電玩創作者，也是個我必須超越的對手。如此我才能創作出第六大電玩。』

創也坐在椅子上，兩手在胸前交叉。

『不過傳說即將結束。我們掌握到太多珍貴的線索，謎題也即將揭曉，很快便會水落石出。』

創也的神情很認真。他打算以現有的資料，找出栗井榮太的廬山真面目。

我什麼忙也幫不上，充其量只能放放創也喜歡的莫札特音樂CD而已。

悠揚的樂聲，在城堡裡飄揚。

『離栗井榮太派人來接大概還要一陣子。現在當務之急，就是好好休息，充實自己。』

創也將水壺放上可攜式瓦斯爐。

『要不要喝杯茶？』

我跟創也的冒險故事，還會繼續下去。

可是如果繼續寫成長篇故事，不只看的人累，寫的人也很累。

總之，先到此告一段落。

資料要不要保存？ ↓Ｙｅｓ　　Ｎｏ

資料保存完畢

後記

大家好，我是勇嶺薰。

內人跟創也的冒險記就此展開，請大家多多指教。

一聽到『冒險』兩字，連即將四十歲的我也忍不住興奮起來（用熱血沸騰來形容比較恰當）。

『沒時間、沒地方、沒有伴、沒機會』——光是這些，就足以使你放棄冒險嗎？寫這篇故事時我想到，所謂冒險，只要有『冒險的心情』，無論何時何地皆可冒險。

搞不好你會認為『冒險』就應該去山上或海邊，甚至去挖掘寶藏，其實冒險並不如大家所想的那般複雜。

——發現一條新的捷徑

——和陌生人說話

——翻開書的下一頁

——魚骨跟魚身很漂亮地分開來

這些不也是一種冒險嗎？

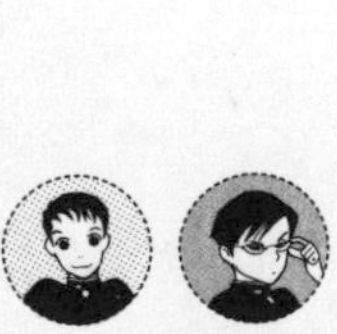

可以的話，希望讀完這篇故事，能激起你的『冒險心』。

再來是關於故事主角。

沒有一部作品像這篇故事一樣，主角的個性與行為跟我剛開始的設定，有如此大的差別。

特別是內人。剛開始，他只是個平凡且好奇心很重的國中生，不知何時開始，他變成一個即使身處危險狀況，還是能安然度過的超強國中生。

不過，各位讀者請不要模仿內人的行為，受了傷我可不負責喔！

關於栗井榮太，下一集就輪到他正式登場，但是這集有埋下伏筆。有空的話，不妨仔細想一想。

最後是感言。

當我任性地說出：『想參觀電視台。』在某電視台工作的堀越徹先生，豪爽地答應我的要求，非常謝謝你。拜堀越先生之賜，成功完成了這次的參觀。另外，還很厚臉皮的讓堀越先生在本書軋上一角，我真的萬分感謝！（註：堀越先生本人，不像故事中的堀越導播一樣這麼亂來。）

接下來要感謝的是，幫我畫出漂亮插圖的西炯子老師，謝謝你。我是老師的漫畫迷，能請到老師幫我畫插圖，就像是作夢一樣。

還有，從我出道開始就一直合作的講談社的長田道子小姐。長時間以來，一直承蒙您的照顧。託長田小姐的福，我才能越寫越好。長田小姐，換到新部門也請多加油。

『要不要寫寫看這個系列？』當初邀請我的兒童圖書第一出版部的阿部經理、新負責人小松先生、一直以來協助我的水町先生，給你們添麻煩了，今後也請各位多多照顧。

最後，要跟琢人、彩人及老婆說聲抱歉。我又要埋首於新系列的寫作，不過我寫得很開心，請你們見諒。

那麼，我們在下一個故事再會囉（下一集的冒險故事地點在栗井榮太的『電玩聖殿』）！

Good night, and have a nice dream.

YOUNG AGE小說鮮視界！

YA!

青春滿點！活力滿載！好看滿分！

什麼！龍王百貨裡有鬼？

只不過看了電視上一則關於『栗子』的特賣廣告，

創也竟然認定神祕電玩高手栗井榮太就躲在百貨公司裡，

而且還拉著我加入了這場『捉鬼遊戲』！

只是潛進了打烊後的龍王百貨，

我們果然什麼『鬼』線索都沒找到，

還被一群神祕怪客給追著到處跑！

更詭異的是，

一封從『電玩聖殿』寄出的邀請函，

使得創也破天荒的對我隱瞞了關於栗井榮太的消息！

雖然我死皮賴臉，讓創也不得不帶著我一起赴約，

但才走進看似平凡的電玩聖殿，

我便發現這裡彌漫著一股陰謀的氣味！

究竟前方等待著我們的，

會是什麼樣不可思議的危機呢？……

2008年11月
冒險二人組
再度出擊！

神祕電玩高手的真面目，呼之欲出！

都市冒險王 2

都会のトム&ソーヤ

勇嶺薰◎著

西炯子◎圖

國家圖書館出版品預行編目資料

都市冒險王①/勇嶺薰作;西炯子圖;李慧珍譯. --
初版. -- 臺北市：皇冠, 2008.08 面；公分. --
(皇冠叢書;第3760種 YA！；003)
譯自：都会のトム&ソーヤ①
ISBN 978-957-33-2441-6 (第1冊；平裝)

861.57 97011743

皇冠叢書第3760種
YA！003

都市冒險王①

都会のトム&ソーヤ ①

作　　者—勇嶺薰
插　　畫—西炯子
譯　　者—李慧珍
發 行 人—平雲
出版發行—皇冠文化出版有限公司
台北市敦化北路120巷50號
電話◎02-27168888
郵撥帳號◎15261516號
皇冠出版社(香港)有限公司
香港灣仔駱克道93-107號利臨大廈1樓
電話◎2529-1778　傳真◎2527-0904
出版統籌—盧春旭
責任編輯—張懿祥
版權負責—莊靜君
外文編輯—許秀英
美術設計—許惠芳
行銷企劃—何曉真
印　　務—林莉莉
校　　對—劉素芬・余可喬・張懿祥
著作完成日期—2003年
初版一刷日期—2008年8月

法律顧問—王惠光律師

讀者服務傳真專線◎02-27150507
電腦編號◎515003
ISBN◎978-957-33-2441-6
Printed in Taiwan
本書特價◎新台幣199元/港幣67元